U0551968

相思島嶼

Siunn-si tó-sū

陳正雄 著
Tân Tsìng-hiông

看袂著林木茂生ê校園
　　佇成大校園　　　008

期待明仔載ê人
　　佇228紀念館　　012

等待天光
　　佇王育德紀念館　014

食夢ê獸
　　讀葉石濤作品集　017

鹽桑仔樹
　　佇湯德章紀念公園　022

水滸心事
　　看運河夜景　　　025

台灣合奏　島國交響
　　聽蕭泰然演奏曲　028

大天后宮身世　　　031

2015.0519
　　城市暴動記事　　037

奇美博物館　　　　040

曾文溪跤跡　　　　042

台江內海滄桑　　　051

台南

高雄

屏東

曹公圳記事　　059
衛武營手記　　063
斜張橋夜景　　066
興達港碼頭　　068
高屏溪芒花　　070
高雄港素描　　072
六合路夜市　　074
土地ê聲音
　　訪鍾理和紀念館　076
美濃油紙傘　　078
笑詼寮詩人　　080
柴山風雲　　　082
愛河心情
　　氣爆事件　　084

風雨・北大武　　088
鵝鑾鼻燈塔　　　089

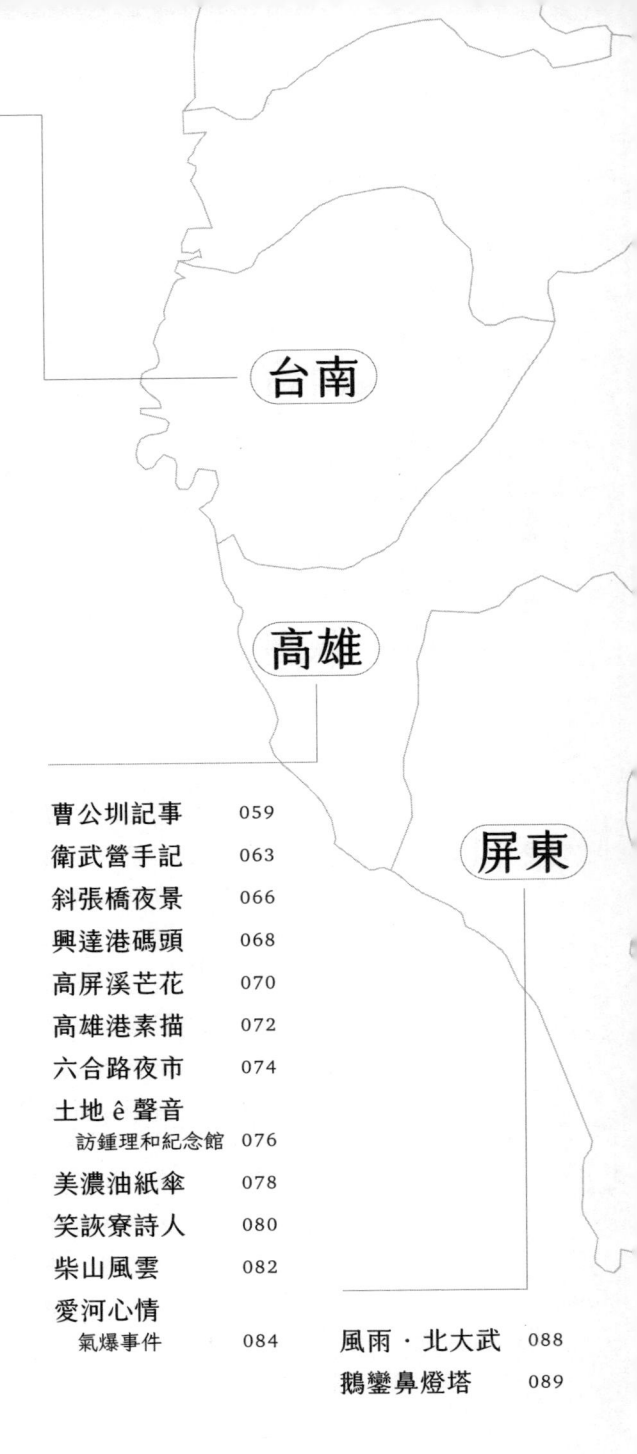

第1輯　南方心情

宜蘭

先行 ê 良知	蔣渭水	111
消失 ê 青天	陳定南	113
離遠 ê 背影	林義雄	114

花蓮

後山蓮花	104
太魯閣	106
清水斷崖	108
瓦拉米古道	109

台東

東海岸歇暝	094
太平洋賞月	096
太麻里出日	098
三仙台石頭	100
大關山磅空	101
大坡池釣客	102

第 2 輯　東爿背影

第3輯　北地往事

基隆
- 廟口夜市　116
- 八斗子漁港　118

台北
- 101大樓　120
- 台師大校園　122
- 鄭南榕紀念館　123
- 九份老街　127
- 烏來水沖
  - 山佮水對話　129
- 淡水街頭　131
- 野柳女王頭　132

桃園
- 慈湖　134
- 舊街心情　137

新竹
- 風　139
- 米粉　141
- 玻璃　143
- 濛霧・大霸尖　145

苗栗
- 木雕　148
- 火焰山　149
- 油桐佮山櫻（一）　150
- 油桐佮山櫻（二）　152
- 油桐佮山櫻（三）　154

第4輯　中部印象

南投
- 讀山
  - 跙玉山記　156
- 寫水
  - 泅明潭記　159

台中
- 東海花園寫真　161
- 桃山水沖
  - 送予瑞銘兄　165

第5輯 西岸跤跡

彰化
- 田尾花園　170
- 八卦山大佛　171

雲林
- 六輕工業區　173
- 北港朝天宮　174
- 虎尾糖廠　176

嘉義
- 達娜伊情歌　178
- 中央圓環噴水池　180
- 嘉義公園石龜碑　182

第6輯 島外記憶

金門
- 酒廠　186
- 太武山公墓　188
- 毋忘在莒石碑　190
- 馬山觀測所　192
- 瓊林坑道　193
- 風獅爺　195
- 碉堡　197
- 地雷　198
- 菜刀　200
- 軌條砦　202

馬祖
- 老酒　203

澎湖
- 隨香記　206

綠島
- 綠色ê心　212
- 朝日溫泉　213

蘭嶼
- 人之島　214
- 飛鳥季　216
- 獨木船　217

自序
寫詩講島嶼相思

　　《相思島嶼》是我對《戀愛府城》、《眠夢南瀛》以後，所完成ê第三本廣義ê地景詩集，嘛是我ê寫作計畫內底，「土地三部曲」ê上尾一集。書寫ê範圍、題材佮質量，攏比進前兩本有較闊、有較濟，應該嘛有較好。

　　雖然本詩集是佇 2022 年才全部完成，毋過，內底大部份ê作品，是佇這幾仔冬來沓沓仔累積出來ê，無仝ê時間，嘛代表我無仝ê想法，總是，希望伊是有一直咧改變佮進步。

　　感謝國藝會各位評審，會當提供我這個出冊ê機會；嘛感謝前衛出版社，願意出版這款較少人看ê作品。

　　土地ê故事佮家己ê心情，一直是我創作台語詩ê兩个方向，今仔日，總算完成其中一件任務。紲落來，希望會當閣再順利完成另外一個心願，「心情三部曲」：《失眠集》、《白髮記》ê第三部《？》，冊名已經想好矣，內容猶未落筆。

陳正雄

第 1 輯

南方心情

台南 ——— 高雄 ——— 屏東

(台南)
看袂著林木茂生ê校園
佇成大校園

你是上帝用心血滴落佇這塊島嶼ê一粒種子
佇滿清皇朝坎坷拋荒ê土地頂頭釘根莩穎
佇日本帝國炎日嚴酷ê考驗之下伸枝展葉
嘛捌受過西方社會自由民主風雨ê吹動佮洗禮
一方面你用枝葉全力伸向曠闊ê天頂
共四面八方爭取性命閣較濟ê空間
證明人生存在ê意義佮價值
一方面你共樹根拚命鑽入上深ê塗底
佇無人看見無人要意烏暗ê所在
搜集社會低層ê現實佮真相
成做將來你愛努力ê方向佮你欲成長ê養份
你粗勇ê身影化做一片秋清ê溫柔
為濟濟迷失ê羔羊提供庇護ê陰蔭佮停歇ê安穩
你懸大ê身軀徛佇這跡狹隘ê島嶼
逐工看對遠遠彼片開闊大陸佮久長歷史ê方向

想袂到無張持

煞發覺彼个封閉ê社會自然形成ê野蠻佮壓霸
嘛認清這款古老ê帝國長期累積出來ê漚爛佮腐敗
真相哪會當予你簡單就來發覺　洩露
抓耙仔當頭白日將你連根挖起
特務仔透暝無停共你分枝斷葉
閣用一條蠻橫ê草索一領冰冷ê鐵網共你綑縛掩崁
拗曲佇歷史偏僻ê壁角禁忌ê暗地

此去幾十年來
校園內看袂著你正直ê身影
課本裡揣袂出你簡單ê名姓
有人傳聞
捌佇風雨基隆河ê岸邊看過你孤單沉重ê跤步
有時風聲
會佇半暝六張犁ê山內聽著你苦悶淒涼ê喟嘆
佇某囥暝日數念ê夢裡
都攏毋敢現身袂當相見
因為鷹犬ê爪牙總是無所不在無所不能
恐驚小可仔無細膩就去予佮拆裂咬碎唯一ê向望

等到聽無銃聲看無血流ê數十冬後
早前予你牽教受你啟蒙過ê一寡學生

總算有人勇敢徛出來
共你佇烏枋前曾經留落來ê殘影碎片
一絲一線沓沓仔補紩起來
將你佇課堂內強欲消失去ê輕聲細說
一點一滴勻勻仔收集轉來
勉強揣出你早前ê模樣
期待會當閣再轉去彼段難忘ê日子
毋知佗一个頭殼猶予戒嚴封鎖內心寄生特務幽靈ê人
竟然共你收囚佇彼个烏暗冰冷ê地下室內
就親像閣再一擺ê關禁
毋但看袂著天日
連放風ê時間都予伊剝削

幾萬坪ê土地
敢講無一个所在會當予你容身予你徛起
近百年ê校史
竟然漏過彼段重要ê字句彼張珍貴ê頁面
透早到暗來來去去出出入入ê跤步
看無幾个人暫停落來
捌聽過你含冤ê嘆氣
對下到頂幾樓懸ê冊架數萬本ê藏書
敢有佗一本完整詳細

會寫著你驕傲ê故事

淺薄ê視野狹隘ê眼光
干焦看會著面前氣派ê大樓先進ê設備
看袂著林木茂生ê校園
是欲按怎成做頭腳頂尖予人欣羨一流ê大學

期待明仔載ê人
佇 228 紀念館

無
你無毋著
你所讀ê冊無毋著
伊真正是確確實實
一筆一畫ê烏字
寫佇彼一張一張ê白紙頂面

無
你無毋著
你所受ê教育無毋著
伊有影是清清楚楚
一字一句ê良知
刻佇你有肉有血ê心肝內底

是你出世ê時代無拄好
是你面對ê政權有問題

你ê抗議
就親像一粒石頭
摃袂醒個無天無地ê思想
顛倒摃破個虛假ê自大
個所知ê干焦是貪污佮腐敗
你欲改革
袂輸是一束利光
炤袂清個無情無理ê烏暗
只是刺傷個狹隘ê自卑
個所看ê只有是權勢佮利益
個所想所做ê代誌
你真歹去理解無法度相信

是講
你ê筆跡猶閣佇咧
咱ê希望猶無失落
相信總會有一工
你等會著烏白佮是非分明ê日子
咱看會著公平佮正義降臨ê世間

等待天光
佇王育德紀念館

對 1949 年彼冬熱人
青狂走離開台灣
到 1985 年入秋
雄雄佇日本過身
你一直無機會閣再倒轉來
台灣 ê 形影佇你 ê 夢裡愈來愈清楚
故鄉 ê 字畫佇你 ê 筆下愈來愈沉重

用咱 ê 喙舌共母語一句一句鬥做伙
成做一首詩
佇海 ê 這爿
呼叫你踅翻頭
用咱 ê 筆尖共台文一字一字牽相連
輋出一條橋
對海 ê 彼岸
引𤆬你行過來

你一步一步躡翻頭行過來
早前予伲
用權力ê牢籠關禁佇記憶ê海外
用欺騙ê坱埃掩崁佇真相ê塗底
拗曲 kah 強欲認袂出來ê身影
愈來愈明顯
抹烏 kah 將近看袂清楚ê面容
愈來愈清楚

這時陣
袂閣有看著特務早暗咧跟蹤監視
無閣再聽見銃聲四界咧擾亂恐嚇
極加是
一寡魚仔定定探頭出來偷看
幾隻厝鳥不時公開走來攪吵

今仔日起
咱看會著ê是國內外無分男女大細
用伲好玄ê目神
對舊老ê相片頂面
沓沓仔走揣長久以來
就罕得出現ê往過

咱聽會著ê是規台灣毋管東西南北
用個激動ê心情
佇生份ê文字內底
輕輕仔唸起真久以前
予咱放袂記ê故事

行過千萬里遠ê路途
漂泊ê跤步
欲永遠佇這塊土地停倚靠岸
無愛繼續流浪
回歸ê靈魂
會一直倚家己ê故鄉安心歇睏
無欲閣再苦悶

經過六十外冬ê長暝
堅持毋捌搖動方向毋捌改變
烏暗將欲過去希望就佇頭前
踮這个所在
我佮你做伙
靜靜
等待　天光

食夢 ê 獸
讀葉石濤作品集

1. 浪漫 ê 心

紅樓夢鬧熱 ê 繁華過往
早就袂堪得現實 ê 風雨攪吵驚醒
大觀園奢颺 ê 葉家祖厝
嘛已經予無情 ê 戰火跙踏 kah 無看影跡

行入去你 ê 記憶
我沿路查探可能留落 ê 線索
干焦揣著少年時陣彼張林君寄來 ê 批信
一直　完整收藏佇散亂 ê 冊堆內頁
退色 ê 墨水猶鼻會出青春 ê 氣味
茫霧 ê 筆跡閣聽會著熱情 ê 心跳
彼是寫予文學女神初戀 ê 情書
明知　自今後這世人注定愛枵飢失頓
天生浪漫 ê 野性
猶是甘願選擇做一隻食夢過活 ê 獸

2. 白色 ê 網

巴列伶娜紅色 ê 芭蕾舞鞋
猶佇拄才落眠 ê 夢裡
無停咧轉踅
獨裁統治者彼領白色 ê 網
已經無聲無說對四箍輾轉杳沓仔包圍
罩纏過來
共單純平坦 ê 人生綑縛 kah 拗曲變形

跤手會當上銬
靈魂無欲服刑
面對世間所有 ê 反背欺騙佮傷害
猶原共笑容园佇面頂憂愁藏踮心內
你總是慣勢點一支薰
將火燒過後 ê 刺疼嗽入胸坎吞落腹內
予無人知影 ê 苦澀留咧嚨喉底含佇心肝頭
是非恩怨就親像薰煙
隨在伊風吹四散

3. 烏色 ê 光

稿紙　一跡一跡四四角角 ê 空位
親像　一間一間細細隘隘 ê 牢房
關禁　一个一个受傷著驚 ê 文字
暝日無停
逼問刑求了後 ê 身軀
無聲咧喊喝無力通伸勻

你一筆一畫
敲落專制 ê 銅牆獨裁 ê 鐵壁
挖開一條
會當予眠夢逃亡理想偷渡 ê 出路
佇規个白霧茫茫
分袂出方向看袂著未來 ê 世界
烏色
顛倒是上明 ê 燈上利 ê 光

4. 文學 ê 路

對少年到老歲
面容慢慢仔改變

無變ê是自頭到尾
彼粒對文學ê堅心

打銀街頂頭ê摃槌仔聲
暝日無停
繼續佇你ê小說頂面打造
佮幾百冬來留落來ê風俗傳說
葫蘆巷底彼个算命仙ê
透早到暗
猶原佇你ê作品內底推撨
伊規世人算攏袂清楚ê人情世事

對府城到舊城
景色慢慢仔無仝
仝款ê是一路行來
彼份對土地ê熱情

拱辰門下出出入入ê身影
予月光炤做一支固執ê筆
寫到最後一滴心血
猶是無想欲停睏
蓮池潭邊來來去去ê跤跡

你一步一字深深
刻印佇一頁一張ê石枋路面
踏出規部ê台灣文學史

鹽桑仔樹
佇湯德章紀念公園

彼年ê春雷猶未霆

銃聲煞先響

共府城ê心情拍破一个空喙

到今猶未復原

毋驚個ê恐嚇佮威脅

恬恬仔共蠻橫佮粗殘　拆做碎片

隱藏佇所有葉脈ê腦海內底

成做記憶ê一部份

每一擺落葉進前

攏會記得交代新芛ê幼穎

繼續傳落　毋通袂記

枯焦ê外殼有阮上痛疼ê心事

除非共我連根挖起

若無

我會繼續佇遮生湠共出出入入ê民眾

提醒這段過往

彼冬ê雨水猶未來
血水煞先流
共眾人ê目箍染kah紅絳絳
一直攏無消退
毋甘你ê冤屈佮侮辱
偷偷仔將流落ê燒燙佮絞滾　抾予做伙
收埋佇深深ê心肝窟仔
化做阮性命ê共同體
每一遍冬去春來
攏會增加一層強韌ê年輪
粗硬ê外表有我上柔軟ê心情
除非共我攔腰鋸斷
若無
我會一直佇遮徛起共來來去去ê人客
講起這个故事

逐擺佇冷寒天氣變換到燒熱季節ê時陣
請逐家攑頭斟酌看
黃gê ê花
是你輪迴ê靈魂閣再倒轉來
倔強ê姿勢
是你對勇氣正義ê理想佮堅持

固執ê芳味
是你對土地人民ê溫柔佮真情
青殼ê果
是你復活ê心願最後ê見證
入喙彼時感覺淡薄仔酸澀
親像咱過去短暫ê遭遇
落喉了後彼款久長ê甘甜
才是咱未來永遠ê向望

水滸心情
看運河夜景

又閣吞落一粒日頭　想欲安眠
予烏夜ê輕紗遮罩佇身軀ê四箍圍仔
拒絕彼無聊ê喙瀾佮輕視ê眼神
蠓蟲一樣
存心ê攪吵惡意ê中傷
按呢久年來
起落ê心情才會當得著短暫ê平靜
齷齪ê靈魂才有法度等待淡薄仔ê坐清
沉底散離ê往事嘛才有機會重新現身浮面

想當初時
猶是大海血脈相連ê兄弟
江湖隨在你放蕩走跳
何等ê威風氣魄
無人敢阻擋你ê來去攔閘你ê出入
小可伸動跤手
就敲響出各路起義ê鑼鼓

共數百冬來恬靜ê天地拍翻kah茫煙散霧
到底啥人是英雄好漢啥物是土匪賊寇
到今猶是無停咧爭論袂當落筆收尾ê故事
大力一聲喊喝
就絞滾起陣陣造反ê風湧
沖破禮教道德無數重兵防守ê埠岸
共千萬里外龐大ê江山震動kah塗崩石落
不時猶佇歷史深更ê惡夢裡驚醒

何苦貪戀一時ê虛華
接受伊官府ê招安
七十萬兩銀粗俗就出賣家己ê自由
三千米長百外尺闊ê土地簡單就反背眾人ê信任
所謂安定ê生活根本就是慢性ê自殺
當你放棄反抗ê力量同時也失去存在ê價值
早前是一尾車風弄湧ê活龍
煞變成這款強欲無脈斷氣ê死蛇
規身軀病疼
欲按怎泅會出去這个命運ê陷阱
吞食傷濟是非ê塗砂
你原本曠闊ê腹腸慢慢仔變淺變隘
啉落過量恩怨ê油臊

原本熱情柔軟ê血管嘛已經反冷反硬
幾滴ê污水一點仔糞埽就會當共你抹烏撓臭
毋管以後朝代按怎變換
死水ê心
早就激動袂出任何驚人ê氣勢
干焦會當束手嘆氣
忍受伊風刻薄ê剾洗雨尖酸ê諷刺

翻身已經無望回頭恐驚嘛揣無退路
敢講這條無期ê徒刑就是你人生最後ê結論
這个烏暗ê監牢也是你性命孤單ê尾站
這身ê臭名
愛等到啥物時陣才會當
洗清

台灣合奏　島國交響
聽蕭泰然演奏曲

將規个台灣囥坦橫
成做一台鋼琴

用堅定ê雙手出力
掀開烏暗沉重歷史ê崁蓋
對1947年2月開始演奏
連紲彈到
1979年年底做一个坎站
原本是春天起頭歡喜輕鬆ê快板
哪會雄雄轉音　透濫悲哀傷心ê牽亡調
應該是寒天時仔冷清沉重ê慢板
按怎一時變調　成做激情衝動ê進行曲

用溫柔ê指頭來回
走揣烏白單調世界ê背後
深埋佇土地內底五彩自然ê原音
釋放長期關禁ê靈魂毋免閣再含冤

敨開久年綑縛ê良知毋免繼續吞忍

佇太平洋曠闊ê舞台
天星攏金金看風湧也恬恬咧聽
日頭佮月娘換班　早暗輪流拍燈炤光
海鳥佮飛魚連線　暝日無歇轉播放送
一句一句一陣一陣向全世界發聲

將四百冬來斷裂ê短音節
編寫做一篇偉大久長ê史詩
用台灣家己ê聲調
做伙合奏

共規个島國徛予直
就是一支提琴

用一世人ê堅持做弓
挨動
中央山脈強硬ê琴弦
對高屏海岸深沉平靜ê極低音
一路跙到

玉山頂頭尖利冷淡ê上懸音
用北緯二十二度半ê熱情攬抱
海拔三千九百外公尺ê孤單

用數十冬ê深情做曲
吸引蔗葉青翠ê喉韻稻穗金黃ê鼻聲相招來回
起落合音
打動姿勢倔強ê鐵杉立場固執ê圓柏牽手前後
搖幌伴奏

連長年冰凍ê霜雪嘛溶做絞滾ê溪水
流落山崁流過平洋流入海口
親像枯焦久時ê氣血恢復燒燙ê活力
流出心臟流向身軀流到四肢
予強欲無脈ê尊嚴重新跳動
予將近斷氣ê驕傲閣再喘氣

共兩千萬人分散ê單音符
譜曲出一首優美感心ê樂章
用島國特殊ê音韻
同齊交響

大天后宮身世

1. 流亡——寧靖王府

門口埕邊仔大船停倚ê港口
也就是當初時奔波過來ê台江岸邊
明明才幾步外ê水墘
敢講會是永遠行攏袂到ê海角
目睭前對面日頭沉落ê所在
應該是幾十冬來毋捌離開過ê故鄉
看起來無偌遠ê路途
竟然成做袂當閣再轉去ê天邊

千萬里曠闊ê江山　為啥物
崩落kah賰無一塊仔土地有法度倚起
十外代久長ê香煙　是按怎
斷裂kah揣無半刻ê時間會當閣接紲

豪華氣派ê官府外表

掩崁ê是規片塗黏紙糊ê平靜
綾羅紡絲ê衫褲內底
隱藏ê是一身無時得定ê驚惶
遠遠傳來ê狗螺親像半暝牽亡ê哭調
青狂走過ê馬蹄不時踏疼無眠ê心跳

一條布巾，短暫ê痛疼
上無猶會當換來這世人
最後ê尊嚴
三枝清香，細塊仔牌位
至少猶有這个所在予人安心歇睏
免閣四界走傱

2. 征服──施提督府

狼狽逃出國姓爺ê點鬼簿
你心肝掠坦橫　共命運摺風駛倒轉來
翻頭坐入去大清朝功名冊ê頂頭面
一下來回　歷史煞綴咧搖幌眩船
掠袂準忠奸ê風向分袂清是非ê方位
到今猶毋知欲按怎靠岸落碇

三尺闊丈外懸
花崗石打造深刻ê紀念碑
毋管年久月深　猶原無欲退讓
強硬ê姿勢一直欲證明你往過重要ê地位
十幾逝數百字
朱砂筆書寫顯目ê旌功文
就算改朝換代　全款毋肯放棄
Āng聲ê口氣不時咧提醒你早前特別ê身份

榮華富貴　每一字攏有夠複雜歹寫
看破是放伊佮彼香煙濛霧
同齊來退離消散
恩怨情仇　逐筆畫都傷過彎曲僫敨
規氣就交予暝日無停ê佛號經聲
輪流去開示化解

3.起義——中興王府

羅漢門到台灣城
逐家心肝相thīn
準講到柴做刀削竹為槍
管伊四界重兵防守沿路大軍壓陣

千外个人一下仔手就拍到位矣

中興府到鴨母寮
隨人跤手相king
有ê堅持往東有ê做伊向西
就算前無攔截後無追趕
幾十里路三百冬來猶是行袂轉去

你早前就佇濟濟詩人ê筆下
踏出一步一步農民起義ê史詩
佇作家ê手裡
拍開一頁一頁英雄革命ê傳奇
到今猶有一寡專家學者
關佇狹隘ê房間內底
縛跔淺薄ê桌仔頭前
鄙相你是毋知死活ê亡命之徒
king-thé恁是身穿戲服ê烏合之眾
準講歷史廳頭ê紅架桌頂一直排無你ê生相
百姓ê心肝內底早就相爭奉祀你ê神主牌位

久年來
期待ê不過是簡單ê一句風調雨順

向望ê全款是平凡ê四字國泰民安
不而過
當初時
流血流汗提刀攑槍徛出來拍拚
今仔日
猶有人用跪用拜燒香點火咧祈求

4. 歸順——劉總統府

乃木將軍ê部隊拄才
欲佇二層行溪上岸安營
劉大總統ê船艦已經
冗早對安平港口偷偷仔閬港
日頭猶未拍殕光
烏雲就先散kah無看影跡
想袂到遐爾緊
天一下仔就齊變矣

年老退休想欲好好仔歇睏ê南門城
閣一擺佇半暝ê眠夢裡驚精神
厝前厝後
黯淡ê黃龍旗毋知當時已經換做鮮紅ê太陽旗

路頭路尾
本底留頭鬃尾仔ê清國人
煞變做是穿木屐鞋ê日本人

老百姓
無暝無日青狂相爭來咧
燒香點火抽籤問卦
媽祖婆
仝款透早到暗無話無句
慈眉善目老神在在

2015.0519
城市暴動記事

3月　彼場斑芝花學運拄才鬧熱收煞
經過冷風刻薄ê批評炎日嚴格ê考驗
辛苦ê結果終其尾嘛是愛面對分裂ê命運
四散ê種子
隨人去走揣伊
會當予希望釘根美夢荺穎ê土地
留落ê糾紛
引起立場無仝ê雙方論戰到今猶無共識
5月　另外一擺量倍激烈ê反亂又閣爆發

久年來人性過度ê無知佮貪心無停搶食
害伊原本美麗ê島嶼忍受野蠻ê臭名
含一向遵守信用ê梅雨嘛再三拖延毋敢赴約
苦苦等無希望為欲活命生湠只有徛出來上街頭

鳳凰是上有在地色彩佮本土意識ê團體
堅持基本教義ê精神炁頭放火

一路沿埠岸對西向東出發
一隊過城門唯南上北進攻
早就失意死心ê老運河激動kah滿面燒燙血流絞滾
年老退休ê南門城佇眠夢裡驚醒抈出一身ê清汗
聯手包圍議會大樓
長期靠勢民意ê掩護覗佇烏暗中
合法偷渡私利ê代表
敢講猶看袂著四箍輾轉相連紲炤入去ê光影

黃衫軍阿勃勒是新世代ê族群
熱情ê形象理想ê訴求
透過媒體佮網路宣傳
一下仔就吸引大眾冷淡ê目光打動社會麻痺ê心情
短短ê時間內快速動員
合齊攻占市府廣場
顯目ê布條親像輓聯
悲傷表達個對現狀ê不滿佮未來ê擔憂
規工慣勢屈佇氣密窗佮隔音牆背後
照鏡咧自我滿足互相安慰ê官員
敢講閣無聽見透早到暗無歇睏溢過來ê喊喝
打馬膠全面封鎖ê街路
是欲按怎阻擋私底下根脈走揣出路ê行動

紅毛塗重重圍起來ê懸牆
哪有法度攔截枝葉公開追求自由ê權利
就算噴水車採取強硬手段逼退
仝款是衝袂散拍袂化愈開愈濟ê怨氣佮怒火
連平常時態度保守低調ê紫薇
攏忍袂牢撏頭唱聲表示抗議
聽講佇無外遠ê所在
猶有一向清高
在來無咧加管世事ê蓮花嘛拍算欲出面支援
官方無奈表示
繼續落去局勢恐驚真緊就會失去控制

根據中央權威人士放出ê風聲嚴重警告
一群來自北爿面武力強大ê鎮暴部隊
已經調集完成
準備一路落南
展開大規模報復性ê打壓

奇美博物館

用幾十冬ê時間
趁著千萬億ê財富
會當交換啥物
用一世人ê精神
得著全世界ê權勢
又閣會當留落來啥物

這身雕刻是用善意做ê型
這幅圖畫是用疼愛配ê色
這一首閣一條ê音樂
是用一點閣一滴ê熱情譜ê曲
彼欉樹ê品種號做骨力
彼片草ê名稱叫做拍拚
彼个湖ê色水是勤儉ê意思

遐爾濟
奇巧ê收藏品

遐爾大
美麗ê博物館
猶有遐爾曠闊ê園區佮氣派ê建築
竟然攏是來自細細一粒仔
平凡簡單ê心

曾文溪跤跡

1. 萬歲山源頭

無愛佇這位偏僻ê山頭
屈守萬年
兩千五百公尺ê懸度阻擋袂牢你生成放蕩ê野性
零度以下ê低溫嘛無法度冷靜你絞滾激動ê心情
你這隻狡怪野蠻ê青盲蛇
完全毋接受任何ê苦勸無要意所有ê威脅
無淡薄仔躊躇停步
你一路行落無閣再翻頭

你用耐性化解強硬ê石頭
放棄
重重ê阻擋
你用決心說服固執ê樹林
收起
苦苦ê糾纏

你毋願屈服ê勇氣
突破水庫銅牆鐵壁ê封鎖
立場堅定ê態度
化解攔砂壩橫行霸道ê刁難
有時你暗暗仔偷笑
笑伊埠岸　虛偽無能ê模樣
有時冷冷咧觀看
看伊圳溝　欣羨自卑ê表情
準講風雨
不時來擾亂你ê心情
就算糞埽
沿路咧抹烏你ê名聲
你全款無怨無悔
過程雖然坎坷彎曲
方向毋捌迷失改變
想欲見證人生ê起落
全無留戀
向一百四十外公里遠生份ê路途
你暝日無停奔波過去

行入高山族ê部落
巴沙娜　特富野　達邦　達娜伊ê溪谷

亞米雅娜　塔乃庫　內葉翅ê山壁
普雅女　烏奇哈　托亞奇伊　茶山珈瑪ê水沖
濟濟美麗ê景色
陪伴你　旅途ê孤單
行過平埔族ê番社
茄拔　噍吧哖　大匏崙　馬斗欄ê夜祭
隙仔口　目加溜灣　拔仔林ê牽曲
麻豆　直加弄　漚汪　蕭壠ê走標
聲聲熱情ê歌唱
安慰你　心內ê寂寞
行到漢人ê庄頭
風吹嶺ê出日　三跤石ê炊煙
走馬瀨ê茫霧　葫蘆谷ê彩霞
馬頭山ê天星　鹿耳門ê月娘
種種溫柔ê人情
治療你　規身ê傷痕

為欲走揣性命ê出口
費盡苦心
佇一千兩百平方公里闊崎嶇ê土地
你四界流浪無閒查探

上北
你問獵鴞佮飛鼠
天ê腹腸到底有偌闊
你問山豬佮野鹿
山ê憂愁到底有偌深
你問鮘魚佮鱸鰻
江湖ê冷暖到底是啥款ê滋味
落南
你問莿桐佮斑芝
為啥物　春天一來面就紅
你問埔姜佮菅芒
是按怎　秋天若到頭就白
你問狗尾草佮山棕仔
敢知也　風颱大雨哪會遐爾仔歹性地
紲落
干焦會當行向日頭落落ê西爿去
問過稻田　蔗園佮魚塭
問過鹽埕　蚵棚佮潟湖

上尾仔
佇烏面抐桮無停ê幌頭揲手之下
大海總算出面共你　收留

2.七股出海口

我徛佇溪ê出口看對海ê方向去
一陣一陣無停吹動ê風湧
就親像一張一張掀開歷史ê冊頁

一起頭先來到西元 1683 年
有人講已經是清代康熙 22 年
嘛有人堅持猶閣是明朝永曆 37 年
進前屈守佇安平王城ê國姓爺
就算用伊一世人ê精神規身軀ê氣力
全款接載袂起
早就離離落落強欲散離崩落ê萬里江山
紲落樂陶佇北園別館ê東寧王
干焦會當透早到暗
用燒酒麻醉伊敗腎ê神經美色刺激伊倒陽ê勇氣
當伊吐出 39 歲最後ê一口氣
大明皇朝嘛斷了活過兩百外冬ê彼條命
中國ê天下一統四方太平
你天生ê反骨偏偏毋願安份歸順
一个風雨ê暗暝佇噍吧哖ê內山
你公開唱聲造反

大軍一路攻占石仔瀨　番仔渡　拔仔林　山仔跤
灣里　蘇厝　蕭壠　漚汪　紛紛失守潰散
驚動紫禁城內ê玄燁小子憂頭結面
害伊靖海封侯ê施琅大人袂食袂睏

紲落來來到道光 3 年 7 月
鴉片戰爭戰敗ê 19 冬前
外表好看ê大清江山其實早就搖搖幌幌
一陣風颱刺激
你勉強壓落ê性地又閣失去控制
兇猛ê氣勢橫掃規个嘉南平原
東起洲仔尾海岸西到鹿耳門港邊
諸羅城以南台灣府以北
四箍輾轉百里之內全部淪陷
台江內海一暝成做平地
全彼个時陣
二仁溪佇白沙崙
八掌溪佇好美寮
頂下出兵互相呼應

無偌久來到同治 10 年熱人
清日之間ê衝突拄才結束中法兩國ê戰爭又閣發生

全身是病ê愛新覺羅強欲無脈斷氣
牡丹社ê番刀割開滿洲皇朝虛假變形ê面具
法蘭西ê大砲拍破末代帝國膨風腐敗ê腹內
沈欽差鯤身島上億載金城ê砲台
無才調保護一个一个受傷流血ê海岸
劉巡撫雞籠嶼頂海門天險ê鎖鍊
封鎖袂牢一隻一隻兇惡貪食ê船艦
予人強逼開放ê港口就親像予人強姦污辱ê空喙
叫袂出心內ê疼
你拄才平靜ê心情風湧閣再夯起
北分流　蚵殼港　公地尾　三股溪走投無路
國姓港ê土地公無法可治
天后宮ê媽祖婆嘛自身難保

上尾來到光緒 30 年
聽講又閣換做明治 37 年
九冬年ê今仔日
中國無問過半句
就共台灣攏割予伊日本人
淡水河竟然無聲無說
送伊唐大總統偷偷掖掖走離開台灣島
基隆河干焦目睭金金

看伊樺山總督囂囂俳俳行入來台北城
太陽旗親像獵鴞血紅ê目睭四界監視所有可疑ê風聲
武士刀袂輸狼犬尖利ê喙齒暝日追捕每一个涉嫌ê身影
三角湧　大科崁　大湖口　八卦山　台南城
流落ê鮮血染紅
徐驤　吳湯興　姜紹祖　吳彭年　劉永福
眾人ê氣力無法通回天
你勉強吞忍ê火氣閣一擺爆發
兵分二路
一方面殺往七股庄　十分塭　五塊寮
一方面直逼安南區　土城仔　青草崙
反抗ê火種四界燒湠
燒向羅福星ê苗栗佮余清芳ê西來庵
燒向李應章ê二林佮莫那魯道ê霧社
燒向每一塊冷淡ê土地
自主ê心聲大力喊喝
喝醒走街先ê賴和喝醒送報紙ê楊逵
喝醒文化協會ê蔣渭水喝醒亞細亞孤兒ê吳濁流
喝醒每一粒陷眠ê心肝

我一跤踏佇溪ê這爿一跤踏佇海ê彼頭
四百外冬來無停咧書寫

萬外平方公里留落ê紀錄
久年來留佇無數百姓心肝頭愛恨交纏ê記號
深刻佇這處土地身軀頂顯目ê刺字
你這尾猖狂壓霸ê水鱸鰻
敢講真實就按呢死心認命退出江湖隱遁大海
抑是猶咧等待
另外一个閣再變天重新復出ê機會

台江內海滄桑

1. 變色ê內海

一隻一隻大大細細
頭佮尾相連接ê海翁
圍出一座數百里長ê城牆
隔開一个平靜獨立ê天地
西拉雅族人代代佇遮生湠
美麗ê故鄉
阻擋久年佇外海橫行
烏水溝ê惡勢力
不時想欲侵占ê野心

是講閣較嚴密保護ê祕密
最後嘛是防守袂牢
風聲早暗無停ê刺探
海湧暝日來回ê攻擊
一批一批綴風湧入來

鯊魚仝款貪心兇惡ê船隻
一路追捕權勢
四界搶食財富

一滴一滴
對台窩灣、赤崁、麻豆佮蕭壠社
流出來ê鮮血
染紅規片ê內海

2. 海翁ê墓園

早前佇江湖走跳海洋拍翻
看過濟濟ê大風大湧
規身軀攏是海水刻出ê刺字佮
魚槍留落ê傷痕
你這隻烏水溝上大尾ê鱸鰻
終其尾
猶是逃袂過時間無停ê追殺
今仔日
無欲閣再來回走從四界放蕩

聽風聲演奏落幕進前最後一條ê牽亡歌

予海湧接引你年老病重ê身軀
翻頭倒轉去走揣
傳說中
內海北爿ê上內底面
四箍圍仔攏是坔土佮咖呐¹
遍地烏樹林ê地帶
彼是祖靈佇遐代代歇睏ê墓園

共肉體還予土地骨頭徛做樹林
將最後彼口氣
吐出一條長長ê濛霧
噴向天頂化做懸山
日曝袂消風吹袂散
永遠守護這塊
用祖先ê原型做見本復刻出來
美麗神聖ê島嶼

3. 消失ê獵人

綴咧祖先ê跤跡
來到這个倚海ê平埔

1　咖呐：沼澤（西拉雅語，後同）。

伊講這是天神賞賜予咱ê家園
麻翁² 是溫柔堅強ê伊拉³
忍受外海粗魯ê暴力
飼養阮大漢甘甜ê奶水
巴夕⁴ 親像勇敢熱情ê阿兼⁵
伊曠闊ê胸坎
訓練阮走標拍獵猛掠ê跤手
毒蛇蠓蟲不過是生活小小ê考驗
風颱大雨只會予阮閣較勇壯
西拉雅本來就是海陸ê囝孫

坌土佮咖呐
擋袂牢漢人鳥鼠一樣奸鬼ê跤手
伊ê心肝比瘟疫閣較毒
風湧佮樹林
拍袂贏紅毛野獸全款兇惡ê火炮
伊ê手段比風雨閣較雄
一領一領ê茫朗⁶ 換來一工一工ê迷醉

2　麻翁：內海。
3　伊拉：老母。
4　巴夕：草埔。
5　阿兼：老爸。
6　茫朗：鹿皮。

一塊一塊ê烏嗎⁷換來一擺一擺ê屈辱
紅毛番ê教堂霸占阿立祖神聖ê公廨
驚醒ê向魂揣無安身ê所在
福建人ê牛犁駛入去阿立母美麗ê田園
單身ê麻達⁸失去用武ê戰場

手提弓箭ê獵人
顛倒變成予人追捕ê獵物
親像茫朗佮巴布⁹
毋是倒落
就是逃亡　消失

4. 掠狂ê溪水

阿立祖ê哭聲
飛上天頂捲成風颱
阿立母ê目屎
滴落塗跤流做大水
失去草埔掩護佮樹林攔遮ê

7　烏嗎：土地。
8　麻達：未婚男子。
9　巴布：野豬。

漚汪溪
親像逃出牢籠著驚起狂ê青盲蛇
袂堪著風雨ê刺激
四界走竄亂咬
掃平厝宅吞食田園

受傷ê土地
時間總會用耐心慢慢為伊療傷
無偌久就會當復原
惹禍ê溪水
改名換姓以後仝款本性無改
暫避風頭等待重新作亂ê機會
所有ê後果佮責任
攏放予伊無辜ê內海
單獨承擔
無法度替家己辯護
嘛無任何人願意出面為伊伸冤
干焦會當恬恬含著委屈
全部吞落腹內

5. 最後 ê 潟湖

深埋久年 ê 過往

心事有時猶會浮出腦海裡滾絞

彼是佮風湧相逐 ê 魚群

是跟蹤魚群 ê 艋舺

是追捕艋舺 ê 船艦

來回奔走捲起 ê 波動

傷痕嘛定定會佇眠夢裡復發

有銃砲拍破胸坎 ê 疼

有血水慢慢流失 ê 麻

猶有塗砂當頭掩落 ê 驚

驚醒 ê 時

總是會看著月娘滿面 ê 憂愁

無閣再有大海 ê 氣魄佮野心

此後毋管伊

風按怎煽動湧按怎苦勸

平靜 ê 心袂閣起落

殘存 ê 日子

欲陪伴海鳥佮魚蟹做伙度過

複雜 ê 遭遇

才勞煩文史工作者

慢慢仔去替阮書寫回憶錄

滄桑ê一生

就留予個生態導覽員

沓沓仔去解說

高雄
曹公圳記事

毋是佇冊裡讀過
嘛毋是佇地圖看著
我來到曹公圳ê埠岸頂
一路行過去 1838 年ê鳳山城

曹大人消瘦ê面容
暝日操煩留落ê皺痕
變成一條一條ê圳溝
額頭中央
上深ê是進前長期焦洘
必裂ê舊痕
較淺ê是後來連紲風雨
沖破ê新跡
兩爿喙䫌
正面較長ê這條　是冬尾彼季拋荒
民眾ê哭聲刺出ê刻印
倒爿較短ê彼逝　是年初這擺枵飢

百姓ê目屎割開ê記號

早暗走傱滴落ê汗水
化做一陣一陣ê水流
共憂愁黯淡ê目神沃出歡喜彩色ê希望
日頭跤　四界ê青翠透濫遍地ê金黃
月光下　烏焦ê面肉染淡白霧ê鬢角

親像老曲盤內底收藏久年ê彼首
古典浪漫ê交響曲
修補小可缺損ê痕跡
咱閣聽會著伊原本ê聲
一直咧流
流過九曲塘深閨ê記憶
流過蓮池潭恬靜ê心情
流過柴頭港坎坷散赤ê往過
流過內惟埤繁華鬧熱ê未來

毋是歷史ê故事
嘛毋是地理ê名詞
我徛佇曹公圳ê身軀邊
翻頭倒轉來2019年ê高雄市

曹大人年老ê身影
佇大樓佮懸牆相爭霸占ê街頭
流浪連回
認無伊熟似ê方向揣無伊慣勢ê出口
佇紅毛塗佮打馬膠四界阻擋ê巷路
掩揜bih-tshih
強袂當伸勻無法度振動

沉重ê跤跡
予來來去去ê車聲kauh碎
予青青狂狂e跤步踏散
沉落佇絞滾吵鬧冷淡ê背後
猶原固執咧喘氣
深埋佇生份孤單烏暗ê下面
全款倔強咧心跳

這是一幅去予咱長期袂記佇壁角頭
現代寫實ê風景畫
掰開層疊ê塊埃
咱猶看會著早前伊ê名
永遠留咧

留佇曹公路每一間厝門牌號碼ê頭殼內
留佇曹公里每一口灶戶口名簿ê心肝頭
留佇曹公國小句句相連ê歌聲中
留佇曹公廟內代代相傳ê香火裡

衛武營手記

紅毛塗懸大ê圍牆
會當一時攔截　霓虹燈妖嬌眼神ê誘拐
無法永遠封鎖　鳥獸追求自由ê決心
緊繞慢會予暝日輪流ê喊喝拆裂崩落
鐵枝線尖利ê刺網
有可能短暫阻擋　充員兵青春激動ê慾望
無才調長期關禁　蟲豸爭取權利ê意志
時一到就佇早暗無停ê唱聲拗斷爛去

原本立場保守態度強硬ê舊營區
終其尾也愛放下武裝撤退淪陷
成做自然佮文明和平共存ê新樂園

規年透冬一直咧徛哨ê衛兵　總算退伍矣
守護ê任務交接予斑鴿繼續去執行
毋免任何ê假單證件抑是特殊ê身份
歡喜ê笑容是上利便ê通行證

透早到暗毋捌歇睏過ê勤務　嘛已經落任
巡邏ê工課就換手予膨鼠負責來值班
無需要啥物暗號記認猶有複雜ê密碼
快樂ê心情是唯一識別ê口令

逐工透早　日頭準時放送起床號
厝角鳥仔佮白頭鵠仔禾頭唱歌做體操
每日半暝　月娘親身主持暗點名
草蜢仔佮蟋蟀仔相爭報數喝口號
無張持　風來一陣臨時檢查雨來一下緊急集合
有時陣　閣有遐爾濟粒算攏袂清ê星探頭出來咧巡視

這个城市漸漸褪落固執ê外殼
飛出伊全新ê面貌無全ê姿勢對外現身出聲

一冬八個月ê日子
束縛會著我ê身軀控制袂牢我ê頭殼
每暗我禾靈魂艛過牆仔跤撐貼ê缺角偷渡
守踮自由路舊冊店ê窗邊來回走揣精神ê出路

對低調平靜ê中年幹頭行過去
一萬兩千外工前彼个激情衝動ê少年

塗砂磨破ê傷痕藤刺割裂ê空喙
痛疼早就消失
進前彼片予苦悶浸澹予憂愁染紅坎坷ê山坪
已經生湠規排ê相思開出滿欉ê含笑

六十外公頃ê營區
會使監視我ê行動袂當指揮我ê內心
逐暝我綴眠夢踮過網仔頂烏暗ê空縫逃走
覕佇三多路老戲院ê壁角恬恬等候失去ê戀情轉來面會

對冷淡生份ê北海岸一路倒轉來
三百六十外公里遠燒熱熟似ê南台灣
記憶又閣開始絞滾
過去彼个害我ê尊嚴仆倒害我ê驕傲跪落
不時鄙相我軟弱恥笑我頇顢ê武裝障礙場
簡單就予細漢囡仔ê笑容攻占老大人ê歌聲征服

這个園內
當初時我攑刺刀暗殺用鋼盔偷埋ê心事
今仔日我欲提筆共你抾骨唸詩為你安魂

斜張橋夜景

無欲閣再一直隱遁佇深山林內
清靜神聖ê寶殿中央
高高在上
遠遠觀聽世間ê苦難
白白享受眾人ê奉獻
閒閒等待信徒前來朝拜佮祈求

甘願行入去紅塵
來到這位偏僻ê大樹山跤
盤坐成做一尊千手ê觀音
用扭用拖又拄又撐
伸向四方挽牢天地
毋管風按怎諷刺雨怎樣剾洗
柔軟ê心情無受任何ê動搖
堅持
佇這个兇險複雜ê迷局亂世
牽成一條明路

指引一个出口

決心普渡眾生
化身變做規排鐵骨ê羅漢
趴落佇這片反覆ê高屏溪頂
面對起落無常ê江湖
背負暝日無盡ê輪迴
毋驚炎日ê酷刑急水ê打擊
堅定ê立場袂做半點ê退讓
看名利踮四界青狂奔波
因果佇兩岸來去相逐
發願
扛起千斤萬里
渡個千遍萬回

當日頭沉淪天色黯淡
烏暗沿路橫行過來
吞食一切ê光明霸占所有ê出路
你全款神色自在法相莊嚴
時間若到
雄雄一聲喊喝現出萬丈ê佛光
將伊
逼退　驚散

興達港碼頭

每一工
天若暗
本底平靜ê碼頭
就成做兩爿無仝ê世界
親像藍綠對立ê舞台統獨分裂ê戰場

廟埕正面
活跳跳ê海產店
熱噴噴ê烘肉擔
司公聖桮
強烈表達伊熱情ê立場
Microphone大力ê喊喝
卡拉ok強勢ê口氣
童乩桌頭
激動放送伊堅定ê心聲

埠岸東爿

咖啡燒燙ê清芳
麥仔冰涼ê甘甜
牽手做伙
聯合宣告個團結ê決心
Keyboard低調ê回應
Saxophone沉重ê訴求
全心鬥陣
同齊顯示個強硬ê態度

我是色彩曖昧兩岸遊走ê外來者
統獨無分
藍綠通食

高屏溪芒花

秋風拄才落來
一暝ê時間
高屏溪埔在來低調ê菅芒
規个雄雄暴漲起來

白茫茫ê花湧
對東往西
沿路橫掃
旗尾山猶袂赴出手攔截
已經失守
九曲堂才想欲關門阻擋
早就被破
闊莽莽ê身影
絞滾起落青狂捲向
東汕埔上尾一條ê海防線

無張持

一隻大捲尾著驚跳離水面
激起ê波動
溢過埠岸淹滿田野
占領規片ê山坪
所有ê青翠全部投降變色

小可一瞬目
連彼粒原本
高高在上袂當倚近
驕傲燒燙ê炎日
嘛阻擋袂牢陣陣花湧無停ê攻擊
失身淪陷

高雄港素描

雖然
只是狹隘ê島嶼邊埕一位
小小ê港口
也是曠闊ê海洋身軀一个
顯目ê胸坎

一開喙
共四箍輾轉ê船隻
攏總吞落入腹內
一喘氣
將東西南北ê貨物
全部吐出去身外

雖然
只是複雜地圖ê頂面一跡
細細ê記號
也是龐大地球ê體內一陣

旺聲ê心跳

一个受氣
共規片大海ê血壓
同齊絞滾衝懸
一个放鬆
予所有水路ê筋脈
做伙拍開流通

六合路夜市

用打狗
本地ê土產正港ê材料
做菜色
用高雄
特殊ê手路奇巧ê刀法
來料理
用南島
熱情ê個性煎粿
溫暖ê人情炊燉
用港都
鹹澀ê海風調味
酸苦ê夜雨芡芳

共規个城市ê暗暝
同齊炒做一桌鬧熱滾滾
共東西南北ê心情
做伙煮成一鍋腥臊豐沛

予四箍輾轉ê人客
攏合倚來
飼飽在地人鄉愁ê腹肚
滿足外來客好奇ê胃口

土地ê聲音
訪鍾理和紀念館

平凡普通ê兩層樓仔
樸實ê外表
若親像你ê個性
一磚一瓦
攏有你命運ê手印
經過火燒日曝留落ê堅定
豐富ê內容
就好比你ê作品
一字一句
攏是你人生ê跤跡
行過風吹雨淋以後ê平靜

成做一面碑
徛佇尖山ê山坪
無需要懸大ê外表氣派ê造型
用石頭ê做材料
用草木ê來刻印

親像故鄉彼款永遠
親像土地遐爾久長

當做一本冊
囥佇美濃 ê 田園
毋免繁華 ê 封面精美 ê 印刷
月來焐光風來掀動
星來閱讀蟲來朗誦
每句攏是深刻 ê 人情
逐篇都有感動 ê 故事

美濃油紙傘

薄kah若紙ê面容
經過幾仔年代
人情ê雨淋日曝
全款遐爾仔光滑柔軟
無論時代按怎改換
堅持用一沿一沿油光ê汗水
層疊做伙
守護這片自古以來
祖先拍拚出來ê傳統
毋予伊退散

瘦kah像柴ê身軀
徛過規百冬來
世事ê風吹霜凍
猶是這款ê堅定倔強
毋管環境啥款變化
繼續共一支一支條直ê硬骨

相拱鬥陣
接載這个早前到今
先民開墾留落ê遺產
袂予伊斷裂

笑詼寮詩人

透早
予羅漢山ê風聲叫醒
學伊幾句開闊ê胸坎
吞雲吐霧覺悟精神

半暝
用茖濃溪ê水色洗浴
浸你一身柔軟ê腹腸
攬星抱月放心落眠

佇笑詼寮庄頭內
你走揣每一條大街小巷ê身世
問個講
幾百冬來故鄉ê風俗傳說
佇檨仔跤茶桌邊
你聽候每一个鄉親序大ê故事
聽個話

這一世人家己ê鹹酸苦澀

每一工
共這片土地
好山好水好人情
用上正範ê手路
煮做三頓
吞落腹內
每一暗
共這份心情
化做靈感
吐出文字
用上在地ê母語
吟詩唱歌唸台灣

柴山風雲

中央山脈ê武林
傷過頭複雜多變
每一个偉大身軀ê背後
攏有連日頭嘛照袂到
樹枝佮籐條交結糾纏ê陰影
每一个美麗外表ê內心
暗藏含雨水也參袂透
落葉佮爛塗累積重疊ê腐敗
小可無細膩
凡勢就迷失佇權勢ê茫霧
墜落去名利ê陷阱裡
看無方向揣無出路

台灣海峽ê江湖
又閣充滿險惡佮危機
應該是曠闊ê兩岸中央
竟然包容袂落雙方

獨立存在ê事實
表面平靜ê水底
四界潛伏暗流佮亂石
一絲仔風吹
可能就反目變面
捲起無法度收拾ê風波

猶是看破退出武林脫離江湖
隱遁佇這處島嶼ê邊墘
抾柴　燃火　泡茶　讀山
管伊風雲按怎變換海湧當時起落

愛河心情
氣爆事件

無親像彼陣過路ê風
干焦會曉佇面頭前喝口號
喝kah喙焦梢聲
放蕩ê態度來來去去四界搧動
一閃身就走kah無影無跡
閣較看袂起彼群外來ê湧
不時踮耳空邊講閒話
講kah喙角全波
輕浮ê立場起起落落隨時反面
頭前才行過ê跤跡
尾後就會當一手全部抹消

阮早就佇遮落地釘根
用千萬年ê時間一世人ê真情
佇你ê身軀頂面刻出一條長長深深
佮你ê血脈交接命運相連ê刺字
並且用愛號名

堅心守護
一路行來毋捌有任何ê躊躇停步

彼个時陣你猶少年
規身ê膽量滿腹ê氣魄
開喙一聲喊喝
就共各路ê英雄好漢攏相招過來
毋管是外島山地抑是東部西爿
無全ê腔口講ê攏是全款ê願望
無論是行船做工猶有起厝排攤
無全ê頭路做ê攏是全款ê美夢
咱欲鬥陣佇這个島嶼南方ê港都
拍拚出來家己一片ê天地
血汗佮海水ê透濫
是你上迷人ê熱情佮氣味
日光佮月影ê配色
是阮上意愛ê胭脂佮水粉

人性總是充滿考驗陷阱
你落尾猶是袂堪著繁華ê誘拐
沉迷佇虛榮設下ê騙局
予權勢ê油煙包圍身邊

利益ê濛霧掩崁目睭
隨在伊政客壓霸ê怪手財團肥重ê身軀
公開佇每一个街路
相爭咧搶占山頭分食地盤
放任自私佮貪心暗中串通勾結
偷偷隱藏佇無人看著ê地下
慢慢仔腐敗爛臭
廢水佮糞埽不時利用暗夜做掩護
數想欲抹烏阮ê清白撓臭阮ê名聲
虛偽ê燈火欲按怎安慰阮憂鬱ê心事

用懺悔ê態度
咱謙卑面對土地激烈ê抗議
予伊吞忍久年滿腹ê怨氣做一下爆發
向望會當驚醒
咱早就去予過度ê貪念麻醉ê本性
用贖罪ê心情
勇敢接受天意沉重ê責罰
總是愛付出痛苦ê代價
才有法度洗清
長期受著傷濟慾望污染ê靈魂

就算總有一工
所有同情ê口氣批評ê喙瀾
攏會風消湧退
我猶原佇遮
陪伴你做伙
度過這場炎火ê淨化大水ê洗禮

屏東
風雨・北大武

你是台灣母親ê身軀
上尾一截ê龍骨
粗勇又閣美麗溫柔又閣強硬
徛騰騰ê骨架夯起島嶼ê頂半身
毋管伊頭殼頂ê風雨
海賊全款ê兇惡
踏穩穩ê雙跤接載島嶼ê下半身
毋驚伊跤底地動
土匪同樣ê無情

較予人擔心ê是
彼一支一支剪綹仔全款ê怪手
偷偷仔
勾倒彼欉樹仔挖走彼粒石頭掘開彼片堆塗砂
就親像杳杳仔流失疏鬆去ê骨質
終其尾仔總有一工
曲跔
斷落

鵝鑾鼻燈塔

1. 等待

人海茫茫
欲去佗位走揣你浪子四界漂流
毋知去佇俙爾遙遠ê天邊
放蕩ê影跡
干焦會當選擇
希望是離你上蓋接近
這个島嶼尾站ê海角

用騰騰ê姿勢純白ê身影
徛做兩百外冬來毋捌改變過ê固執
逐工無停咧閃起閃落ê
是我長暝無眠ê心情
每日不時咧瞩來瞩去ê
是我規暗無停ê思念
踮風中佇雨裡等待ê

是你當時才會翻頭閣再看我ê眼神

早前無奈佇遮看你
看你身影一路沉重離去你ê天邊
這馬堅持佇遮等你
等你總有一工歡喜轉來我ê海角

2. 翻頭

日頭ê愛情傷過激烈衝動
無細膩就引火上身
予人毋敢佮伊親近
月娘ê個性比較陰沉多變
一下仔就反性變面
完全看袂清伊ê心思
星光ê態度又閣有淡薄仔曖昧
隨時閃爍ê眼神
根本分袂出伊ê真假

猶是燈塔ê感情上蓋專心穩定
特別是透風落雨ê時陣
更加會當證明伊會堪得長久ê考驗

逐擺翻頭看伊
總是堅持
守護伊固定ê時間袂去改變
徛佇伊原來ê所在毋捌搖動

第 2 輯

東片背影

台東 ──────── 花蓮 ──────── 宜蘭

東海岸歇暝
（台東）

本來只是路過
想欲借一个簡單清淨ê所在
歇睏一暝
想袂到
你竟然遐爾仔慷慨熱情
共規个東海岸
攏讓予我做眠床

早就慣勢嘉南平原ê平坦佮柔軟
這塊海岸山脈枕頭起來
確實有小可較懸淡薄仔傷有
順手捎幾片仔雲共鋪落去加誠四序
無細膩
一下翻身喘氣
煞共規个太平洋攪吵kah風湧絞滾

恬靜收聽

風聲　湧聲　蟲聲……
同齊咧合奏彼首上自然ê安眠曲
攑頭看天
一粒　兩粒　三粒……
這到底是幾星級ê享受

太平洋賞月

三更半暝孤單一人
溫柔美麗ê姑娘
你點一葩燈仔火
是欲行對佗位去

烏雲規路暗中跟蹤
一直咧等待機會數想將你綁票
風湧四界公開唱聲
無停咧威脅講欲共你拆食落腹
我煩惱kah目睭金金相䀵步毋敢徙

你顛倒是無要無緊
有時陣掩掩揜揜
一下仔閃離開我ê眼神內
有時閣大大方方
無張持出現佇我ê面頭前
敢講是刁工欲誘拐

抑是故意咧
戲弄我

太麻里出日

忍受規暗暝
風去風來ê陣疼
湧起湧落ê絞滾
太平洋是堅強多產ê子宮

守佇身軀邊
老步老定ê姿勢
無要無緊ê表情
太麻里是經驗豐富ê產婆

當日頭
總算佇眾人無眠ê等待
破水出來
哭kah面仔紅紅ê叫聲
共規四篏輾轉ê天攏吵精神

金針山

趕緊伸手
用母親花開ê笑容
共伊抱過來絪絪攬牢咧
胸坎裡

三仙台石頭

往過想欲獨占山頭
佮人咧搶地盤拚懸低
後來規氣放蕩江湖
含人欲爭大細比鋩角
一擺失足　就無法度通翻頭
一但看破　嘛無需要閣計較

日頭是陣陣ê早鐘
星光是聲聲ê暗鼓
風去湧來
是暝日無停ê
輪迴超渡
拖磨　愈來愈微小ê身軀
副洗　愈來愈堅定ê心情

大關山磅空

對三千外公尺懸
龍骨ê正中央直直貫過
迵出六百外米深五公尺闊ê空喙
親像好漢
無哀出一聲
抑是啞口
毋捌叫過半句

先用大量ê雲霧麻醉
若有需要閣加一寡霜雪來止疼
按呢
眾人就毋知影嚴重袂記得痛苦
是講
有時陣風雨若過頭大力粗魯
空喙
真有可能一下仔就拆裂
舊傷
猶是會無細膩就來發作

大坡池釣客

原本是用粗壯ê身軀騰騰徛佇高山ê頂面
逐工面對曠闊絞滾ê太平洋
觀看彼粒熱情ê日頭對面頭前跖起來
等待彼隻孤獨ê老鷹唯身軀邊飛過去
一陣意外ê風雨
竟然淪落江湖四界漂流
最後化身隱姓成做一个無名ê釣客

只是這个祕密猶是逃袂過
風雨詳細ê刺探佮無情ê糟躂
共你折磨變成一付歪腰曲痀ê模樣
強欲枯焦碎裂ê形影
猶原固執規暝無歇
守候佇這位隘隘淺淺ê水埬
無聊看俔彼寡細細隻隻ê魚仔
不時來來去去咧戲弄偷笑
早就斷落ê釣竿

無聲無說倒佇寂寞ê岸邊
親像咧感嘆伊這款ê模樣
是欲按怎摸會起彼片立場強硬ê綠水青山
當然嘛無可能勾會牢態度漸漸放軟年老衰弱

原來你是用這款特別ê身世做餌
引起我ê好奇
竟然共我對
遙遠鬧熱ê
嘉南　平原
一路南迴　百里彎曲
釣過懸大險惡ê中央山脈
來到這个
清靜美麗ê
大坡　池上

(花蓮) 後山蓮花

到底是因為傷過好運
有中央山脈做強硬ê靠山
為你阻擋一陣一陣
對西部平原
對台灣海峽
對中國大陸
想空想縫想欲插手入來ê
污染佮攪吵
才有法度
佇這个島嶼ê後壁
守牢一片清氣ê花園

抑是予人感覺無奈
面對太平洋反起反落ê個性
完全無任何選擇ê機會
恬恬忍受一遍一遍
風颱佇面頭前搶劫

日頭佇頭殼頂放火
地動佇塗跤底造反
共痛苦吞落去腹內化做養份
顛倒轉來
佇這跡撐貼ê海埔
開出一蕊美麗ê蓮花

太魯閣

千萬年ê時間億萬噸ê石頭
才起造出來
風颱拍袂破大水攻袂倒
連地動也無法度搖動ê
關口
猶是阻擋袂牢侵略者
閣較粗殘ê野心
閣較強硬ê手段
短短幾冬內
就全部淪陷失守

彼條橫行貫入ê公路
是射透胸坎ê銃子
痟貪ê鏡頭
相爭搶奪山水ê美色
守關ê戰士
破碎ê空喙

心肝頭一直無停咧刺疼
倔強毋願倒落去ê身軀
猶閣會當堅持偌久

干焦彼群落石猶原無想欲放棄
三不五時偷偷仔
放一兩支冷箭
表示抗議

清水斷崖

自從彼擺激烈ê衝突了後
千萬年來
山ê態度已經慢慢仔冷淡強硬
海ê心情看起來嘛加誠平靜穩定
你有你ê武林伊有伊ê江湖
平常時陣
兩人中央
勉強會當維持
一份恐怖又閣美麗ê和平

上驚ê是
毋知當時
小可一陣風颱雄雄一个地動
落石佮狂湧
又閣袂堪得煽動佮刺激
開始唱聲互相攻擊
造成真歹收拾無法修補ê後果

瓦拉米古道

瓦拉米　佳心　黃麻　石洞　報崖　土沙多山　多美麗
頭一擺知影這寡生份ê所在
是佇冊裡ê內面讀過
華巴諾　大分　托馬斯　大水窟　白金洋　巴奇伊克
八通關
後來閣認捌這幾个奇怪ê地名
嘛是佇地圖ê頂頭才看著

幾仔百年前
這个島嶼後壁ê深山林內
早就有人佇遮滴落伊ê血汗踏出伊ê跤跡
到今六十外冬矣
對我來講
猶是毋捌行過ê荒郊野地
仝款是冊裡內底ê一寡文字地圖頂頭ê幾个圓點

瓦拉米到八通關

156公里遠ê路途
十工九暝長ê前程
敢講是我跤步ê邊界
身影ê尾站
抑是我ê心願崩落
夢想埋葬ê所在

宜蘭
先行ê良知
蔣渭水

當時
你為台灣所開ê彼帖藥方
猶未完全發揮功效
另外一批ê病毒
又閣開始侵入這个島嶼
速度比過去閣較雄狂強猛
毒性比早前加誠兇惡厲害

代先
攻入去腹內
驚破你ê膽量麻痺你ê心肝
紲落
傳染規个四肢軟化全部骨頭
予你無力通好反抗
繼續
移轉到目睭耳空佮喙舌
害你

分袂清烏白看袂明是非
聽袂著真相講袂出事實
後來
吮焦你ê靈魂
控制你整個頭殼清洗所有ê腦部
落尾
寄生你ê體內
賭一具空殼ê身軀
親像傀儡尪仔隨在人戲弄

阮欲閣去佗位走揣
佮你仝款ê良醫治療
這種予人沓沓仔失憶慢慢仔滅種ê
絕症

消失ê青天
陳定南

你ê清氣
干焦宜蘭ê山水
才會當培養出來
你ê固執
嘛只有故鄉ê溫柔
才有法度包容

當規个島嶼強欲淪陷
理想四界咧沉浮
你ê堅持猶原徛騰騰踏懸懸
無任何ê移動
當烏雲隨時準備欲占領
正義跪落佇塗跤
你永遠是彼片驕傲
無欲變色ê
青天

離遠ê背影
林義雄

所有
台灣人民遭遇過ê苦難
你應該攏承受過
甚至比其他ê人閣較沉重
所有
這塊土地留落來ê跤跡
你差不多攏行踏過
而且比其他ê印記更加深刻

當初時是你
悲傷又閣堅強ê眼神
叫醒我陷眠ê靈魂
引恁我殘障ê意識
今仔日看你
孤單離遠去ê背影
遐爾顯目
予人難忘

第 3 輯

北地往事

基隆————台北————桃園————新竹————苗栗

廟口夜市

(基隆)

啥人講深山林內才適合隱遁
聖王公偏偏佮意
佇這个街頭ê夜市修行
鬧熱才是靜心ê時陣
腥臊才是清修ê道場
烏暗才是光明ê源頭

大廟口前街頭路尾
滿四界來來去去ê身影
幾十箍銀兩
就會當換來規暗頓ê歡喜佮滿足
成百間擔位
就會當飼飽遐爾濟口灶ê平安佮幸福

逐工平靜經過ê日時暗暝
這就是幾百冬來
神明所保庇所賞賜ê

風調雨順
也是咱咧向望咧祈求ê
國泰民安

八斗子漁港

一葩一葩
閃閃爍爍ê燈火
是一粒一粒
浮浮沉沉ê心情
佇人猶熟眠ê半暝
趕緊上船
佇天猶未光ê透早
相爭出發

面對烏雲無聲無說ê面色
忍受風湧反去反落ê態度
向望大海小可仔慷慨
祈求天公淡薄仔慈悲

拋幾擺希望網一寡未來
這堆小卷仔
是阿爸阿母ê飯頓佮醫藥費

彼批赤鯮
是後生查某囝ê厝稅佮註冊錢
規簍ê加臘
賣出去還漁會ê貸款佮簝仔店ê欠數
幾尾仔花飛
留落來換幾包仔長壽ê佮兩罐憨頭仔

台北
101 大樓

全力共身軀拔懸頷頸伸長
到底是為著啥物
就算有才調比別人看較遠
敢看有清楚面頭前混亂ê未來
看會出來尻脊後茫霧ê方向

一路咧提高地位搶占頂頭
又閣是為著啥物
準講有法度閣比人徛愈懸
是想欲吸引眾人欣羨ê目光
抑是滿足家己自大ê虛榮

甘願聽伊風ê流言
聽袂著跤底真實ê心聲
干焦相信雲ê表面
無感覺低層烏暗ê陰影

是講
咱閣按怎偉大
雙跤
嘛是無法度離開所徛起ê土地

台師大校園

對四百外里遠ê天南
我是彼具行屍
一路行來到三十幾冬後ê地北
走揣彼當時埋葬佇遮
拄才出世短命ê初戀
無人想起ê往事
干焦杜鵑猶會記得
逐冬攏準時獻花紀念

對已經五十統歲ê中年
我是一隻孤魂
翻頭倒轉去二十出頭ê青春
問伊當初時咱對理想ê約束
無人了解ê心情
只賭紅樓猶閣知影
一直咧等我來共回覆

鄭南榕紀念館

原本
也是一粒外來ê種子
對彼位冷寒ê大陸一路漂流
來到這个燒熱ê島嶼
無任何ê躊躇你選擇佇遮
堅心欲落塗釘根發穎湠種

啥知影
本底是一个規年透冬
攏聽會著各種鳥聲鼻會著無仝花芳
美麗ê天地
有人為伊家己ê野心佮自私
用警察特務佮軍隊，聯手包圍
起造一个絚絚密密
予你無法度隨在講話出聲無法度自由徙位行動
白色ê恐怖
有人顧伊自身ê權勢佮利益

用媒體教育佮司法　全面封鎖
虛構一片層層疊疊
予你看袂明天頂光影分袂清周圍色彩
烏色ê布景
就親像囥佇烏暗房間石頭花坩內底
彼欉袂當竄根旋枝ê盆栽

你提性命點做火種
共恐怖燒開一个
予咱有機會伸跤出手喊喝喘氣ê破空
將烏暗射透一條裂縫
予咱會當認會出是非真假
你用身軀當做火把
彼款ê傷佮疼
當初時雖然離你幾百里遠
仝款常在佇我ê心肝頭像刀剾劃針剟ui
這種ê光佮熱
就算已經過去幾十冬後
猶原不時佇我ê血管裡絞滾燒燙
你共血肉化做火灰
佇這塊長久以來予人輪流跙踏無停吞食
自由已經拋荒民主強欲斷種人權袂當生湠

枵飢散赤ê土地
掖落覺醒ê養份
予深埋長眠佇本土地下倔強韌命ê希望
會當閣再精神復活

我相信　有一日
對南方這塊土地到台灣規个島嶼攏會看著
咱ê根會當無禁無忌
鑽破一切外力對人性ê扭曲對良知ê關禁
深入塗底四界走揣彼位無人會去注意暗毿ê所在
探聽仝一个世界無仝款階層隱藏佇伊內心ê聲音
謙卑去思考人生真正ê意義佮性命本底ê價值
咱ê枝葉會當自由自在
伸向每一个伊想欲追求ê方向
拒絕任何人對思想做疏枝調梳對言論做修剪定型
大聲向天頂要求
公開來辯論真理原始ê源頭佮正義最後ê出口

我向望　總會有一工
對台灣規个島嶼到世界所有國度攏看會著
咱堅定又閣溫柔尊嚴又閣驕傲
徛跤獨立挺身攑頭

用肩胛共炎日遮截
佇背後留落一片清幽ê陰蔭

九份老街

彼當時初見面
會記得是秋天尾仔一工冷清ê黃昏
我拄行過一段坎坷失意ê情路
你嘛已經繁華洗盡恢復平靜
我無停共你講這幾冬來ê心事
你恬恬陪我聽到規个落雨ê暗暝

今仔日閣相會
換做是春天時仔這个鬧熱ê下晡
我強欲記袂清楚你早前ê形影
你應該嘛認袂出來我這時陣ê模樣

你重新整形美容過ê面貌
胭脂水粉妝娗後ê笑容
歡喜咧迎接
比往過閣較彩色ê另外一个青春
我手摸愈染愈白ê頭毛

踏著愈來愈沉重ê跤步
孤單行入去
永遠無法度踅翻頭ê寒天

烏來水沖
山佮水對話

食到千萬歲矣
猶是遐爾仔厚話
暝日無歇佇耳空邊囉哩囉嗦
敢講攏袂感覺喙焦

已經千萬冬矣
仝款彼款ê恬靜
透早到暗坐咧遐袂振袂動
誠實攏袂想著無聊

阮無停咧雜唸
是欲提醒
就算離開千萬里遠
渡過幾世ê輪迴
阮仝款會用原來ê心情倒轉來
你ê身邊

我一直毋改變
是欲證明
毋管風雨按怎引誘
堅持無欲搖動
你無論啥物時陣想起攏認會出
我ê模樣

淡水街頭

當初時
若毋是個兩个畫家佮詩人
趕緊
共彼片ê夕照佮暮色
搶救落來圖中收藏入去歌裡

今仔日
佇五花十色混亂ê碼頭
我欲去佗位走揣早前你彼份單純
溫柔
若風吹起ê心意
佇人來車去吵鬧ê街路
我欲按怎來回想咱過去彼段淡薄
平靜
像水流過ê戀情

野柳女王頭

想講
堅定親像石頭
高貴可比女王
哪知
千萬年ê苦心修行
猶是袂堪著人情世事ê考驗

明知影愛提防湧
反起反落變化無常ê個性
毋管按怎熱情激動講 kah 喙角全波
海焦石爛本來就是美麗ê假話
堅持無欲跟隨伊ê輕浮四界放蕩

顛倒是想袂到風
無聲無說看無影跡ê糾纏
竟然遐爾傷人
彼種割肉刻骨ê疼

完全無任何阻止佮治療ê方法

既然
留袂牢伊風流ê身影
只有繼續
隨在伊一遍一遍ê拖磨
放予你一日一日咧消瘦

(桃園) 慈湖

1.清洗

無論怎樣用心計較
最後嘛是愛孤單退守
這片偏僻ê山林

就算
有藥水防身銅棺護體重兵看守
猶是封鎖袂牢
遠遠就鼻會著
彼陣長期累積敨放出來ê臭味

準講
用慈悲ê湖水前後輪流暝日清洗
按怎嘛洗袂清氣
四界攏看會出
染kah規身軀猶未退色ê血腥

2.回收

在生ê時
掌握所有ê富貴權勢
一个人獨霸這塊土地
死去了後
猶是毋願放手
硬欲閣踏佇島嶼ê四界
用一大堆
外表冰冷強硬
虛假ê分身
監視彼群無知軟弱ê眾生

對面
一寡你全心想欲消滅萬惡ê匪類
有人已經公然佇面頭前侵門踏戶副洗鄙相
這爿
袂少你全力牽教栽培死忠ê信徒
早就偷偷仔佇你ê尻川後佮敵人咧啉酒哈茶矣
猶咧堅持啥物留戀啥代

毋管是佇學校機關公園街頭

無論是徛咧坐咧騎馬ê抑是攑拐仔
逐家攏來這跡相倚做伙
互相安慰這久年來ê孤單佮寂寞
順紲
等候時間沓沓仔行過來
共恁
回收

舊街心情

掠準青春
就親像傷黃過熟ê弓蕉
時間若到就烏漚爛去
想講繁華
敢若是清芳甘甜ê茶米
期限一過就退色走味

來來去去ê跤步
共早前生銹ê往事勻勻仔磨光
重新露面現身
出出入入ê笑聲
將已經失憶ê記持雄雄驚醒
閣再精神起來

予看板畫妝燈光抹粉
打扮kah五花十色
巴洛克優雅古典ê牆面

強欲看袂出來百冬後
雨水留落ê烏斑冷風劃過ê皺紋
予霸道ê擔位橫行ê車輛
跍踏kah曲痀變形
打馬膠固執強硬ê街身
根本掩崁袂牢久年來
暝日無歇造成ê腰痠過度操勞致著ê背疼

老店頭懷念ê氣味
舊擔位難忘ê湯頭
輪流覕佇巷仔內喝聲透氣
試探我小可生疏ê記憶
現代產品奇巧ê包裝
外來物件美麗ê色彩
相爭倚佇大路邊花言巧語花枝招展
想欲誘拐
我一時好玄ê目光

佇成百公尺長ê往過四界行踏探問
我哪會揣袂著你少年時陣彼个熟似ê形影
對四十外冬後ê孤單一路翻頭轉來
你敢猶認會出我這段日子起落ê心情

(新竹)
風

就算你
猖狂萬里一路無敵
盤會過山
渡得了海
有才調煽動飛砂佮走石做伙造反
恐驚嘛
通袂過這个關
攻袂入這座城
佇關帝君ê刀下
怎有你耀武揚威ê餘地
踮城隍爺ê面前
哪會當容允你橫行霸道

規氣看破
放下狂暴ê怒氣
收起兇惡ê野性
回頭就岸立地歸順

輕聲細說溫柔守護
這个流傳百年毋捌斷去ê香煙

米粉

原本掠準
只要甘願
捨身成做一粒卑微ê種子
走揣一塊福田專心來皈依
早暗接受
日頭加持雨水灌頂風聲開示
總有一工就會當修成正果
法相金黃圓滿
內心純白堅定

後來才知
閣愛一遍
徹底拍破自我
重新行入去粉身碎骨ê境界
自在面對
大火ê燃燒滾水ê絞燙酸風ê刷洗炎日ê考驗
才有法度完全解脫命運ê輪迴

覺悟性命ê意義
超渡眾生ê枵餓

玻璃

命中注定
愛受過百千萬度ê劫數
才有法度
放下全身ê固執
捨棄滿心ê雜念
冷靜以後
人生從此脫胎換骨
魚蟲鳥獸萬物眾生
在伊變化
藍綠烏白五花十色
隨緣選擇

強硬ê外表
猶原隱藏脆弱ê內心
美麗ê身軀
不而過是虛幻ê泡影
看是欲永生不滅抑是轉眼破碎

攏佇
雙手內底一念之間

濛霧・大霸尖

踏佇當年侵入者ê跤跡
只是為欲滿足彼種征服ê虛榮
毋免火銃大砲佮指揮刀
一支拐仔
簡單就割開百外冬來破碎
一直無法度復原ê傷痕

獵鴞毋敢公開巡邏
飛鼠放棄暗中監視
山豬佮烏熊撤退最後一條ê防線
猶有啥物會當阻擋我ê去向
莫那　用性命去守護ê驕傲佮尊嚴
竟然成做歷史見本櫥仔內底ê樣品
三不五時才予人提出來展示
鐵木　就算你閣較勇猛
全款是拍袂贏散赤佮病疼聯手ê追殺
只有用燒酒燒死希望

全身麻醉倒落佇部落ê埕尾隨在伊刣割凌遲
巴萬　毋管你外勢走閃
走會過野獸閃會過銃子
嘛逐袂著文明佮進步引誘ê速度
到今猶迷失佇都市複雜ê山林失身佇險惡ê陷阱
揣無倒轉去ê路
閣有啥人好膽敢徛出來反抗

干焦你
龐大ê身軀
阻擋佇我ê面頭前
用一萬外尺懸ê態度拒絕
我進一步ê接近
霸氣ê眼神
完全無將我囥佇目睭內底
用溫度零下ê冷淡輕視
驚出我一陣青狂ê心跳佮滿身ê清汗

尖利ê耳空
恬聲靜等
祖靈ê呼叫佮指示
時機若到

毋管個是火紅ê日抑是水藍ê天
風雲就隨時變色
烏暗才是唯一ê統治者

當濛霧一針一刀佇你ê面頂
完成最後彼劃ê刺字
雷陣雨是上原始ê喊喝
塗石流是上野蠻ê番刀
未來將會是
一遍過一遍無停又閣無情ê
出草

(苗栗)
木雕

雨　親像一支一支尖利ê刀鑽
無分四季
刻畫出人生悲歡離合ê面貌
風　是一張一張粗澀ê砂紙
暝日無歇
磨平你性命坎坷起落ê痕跡

歲月ê手
用數百冬來奇巧ê工夫佮細膩ê耐心
共這塊材質堅定形體特殊ê
苗栗
雕刻磨練出來
一段一段
美麗ê景色佮精彩ê故事

火焰山

到底是啥人傷你遐爾深
千萬年過後
滿腹ê火氣
猶原無法度消退

毋管四季按怎輪流威脅苦勸
雷拍袂化
雨沃袂澹
風吹袂冷
霜凍袂牢
你堅持毋做任何ê讓步佮改變

就算全身變做塗石心情化成火灰
仝款是
燒袂焦搉袂破䂖袂碎化袂盡
心內彼欉
愈發愈濟ê
相思

油桐佮山櫻（一）

山櫻
春天最後一場 ê 換季拍賣
拄才完滿落幕
四界留落散亂好玄 ê 鬧熱
當欲準備收拾
眾人心狂血熱驚奇 ê 激情
猶未完全平靜
開了每一个人所有 ê 底片
大包細包 ê 戰利品
拍算轉去以後好好仔欣賞保存

油桐
隨後接手推出
規模盛大 ê 週年慶
無欲追求流行
逐年堅持伊全款 ê 花色佮風格
才短短 ê 時間內

猶是吸引無數
相挨相㨃ê跤步佮
相爭相搶ê目光

油桐佮山櫻 (二)

每冬一遍
轟動武林ê紅白歌唱大對抗
又閣準時演出

櫻花代表紅軍主唱
用激烈熱情ê懸音喊喝
一陣一陣煙火炸開ê高潮
驚走冷風固執ê糾纏
叫出春天ê心情

桐花是白隊ê首席
用輕柔單純ê低調吟唱
前聲才落後音又到
無停無歇清涼自然ê喉韻
冷靜滿山炎熱ê火氣

看伊台頂跤挨挨陣陣ê觀眾

今年ê收視率
相信又閣創下新ê紀錄

油桐佮山櫻(三)

當眾人攏驚畏冬天ê威風
恬恬毋敢出聲
你堅決放下全身ê繁華
佇寒冷橫行烏暗猖狂ê時陣
吐盡滿腹ê心血
開示
性命ê倔強佮美麗

當眾生猶迷戀春天ê美色
用所有ê精神
穿紅戴綠
想欲引起別人ê注目證明家己ê存在
你顛倒用規頭殼ê白頭毛
提醒
人生ê短暫佮無常

第 4 輯

中部印象

南投―――――――――――台中

(南投)

讀山
跖玉山記

你是上有台灣精神
也是意境上婿代表性上懸ê一部
大自然ê史詩

三千九百五十二逝ê長度
用千萬年ê時間慢慢仔書寫
每一字攏是本土ê語音
每一句攏有在地ê聲韻
經過久長ê考驗
風吹　日曝　雨淋　雪凍
立場毋捌有任何ê徙動
受過嚴格ê評論
山崩　地動　火燒　雷擊
地位猶原是無人會當比並

真濟人聽過你ê大名
可惜無緣見著你真正ê面目

少數ê人青狂來去
就掠準了解你ê意思
只有謙卑用心ê人
才有法度認捌你暗藏ê思想深刻ê意境
我每一擺讀你
攏有無仝ê感動佮覺悟

你ê佈局複雜多變
有時平坦緩慢有時崎嶇險惡
有時雄雄落崎有時突然冲懸
雖然佇溫度零下ê冷風裡
我猶是激動出
滿身ê重汗佮一陣狂亂ê心跳
你ê內容神奇巧妙
這句斜陽照暮色裡ê杜鵑
莫非是「可堪孤館閉春寒」裡少游
靈感ê來源
彼句春雨打葉聲中ê冷杉
應該是「一簑煙雨任平生」ê東坡
絕句ê出處
這段百年孤單ê白木
分明是太白「枯松倒掛倚絕壁」

心情ê寫照
彼段千山獨行ê圓柏
根本就是老杜「冠蓋滿京華　斯人獨憔悴」
命運ê感嘆
讀你一遍
我何必其他ê唐詩百首宋詞千篇

你ê技巧靈活高明
蟲鳴　鳥叫　獸ê哭聲
是採取擬人ê手法
巨岩　碎石　斷崖　深谷
是充滿寫實ê風格
雲海　風湧　雪花　冰瀑
是運用抽象ê隱喻
彼句「心清如玉　義重如山」
絕對是你意思上深也是精神上懸ê境界

若是彼个
眾人遠遠趕來苦苦等待ê日出
就共伊掠過來
做一个完美ê
句點

寫水
泗明潭記

8.4 平方公里闊 ê 面積
對面前鋪到天邊
這張稿紙應該是有夠大有夠長矣
27 公尺深 ê 水量
共規个拉魯島磨 kah 賰細細仔 ê 一截
墨色差不多嘛有夠烏有夠重矣
筆有兩款
菅芒個性陰柔適合行草
杉樹比較陽剛偏向楷隸

兩萬外个型體無全姿勢各異 ê 文字
有 ê 自由自在撥風進前
有 ê 攑頭看天踏湧泅動
有 ê 化做蝴蝶離地飛行
有 ê 親像水雞鑽水離去

欲按怎下手才好

寫一部小說
內容看來緊張刺激
結構傷過散亂單薄
編一齣戲劇
劇情ê安排雖然鬧熱趣味
角色ê表現無夠深刻突出
作一篇散文
起頭ê手法引人注目
毋過收尾ê跤步痠軟無力
題一首新詩
創意確實大膽冒險
可惜技巧小可平淡生疏

我有時靜坐沉思
有時來回流連
對早起經過中晝來到下晡
心意猶是無法度決定
就佇日頭欲落月娘將出ê時陣
靈感一來大筆劃落
干焦簡單
日月兩字

台中
東海花園寫真

1. 楊逵ê手

就算散赤佮病疼
親像外來統治者彼雙手
總是一路無停壓逼毋捌放鬆
你消瘦薄板ê身軀內底
自頭到尾
攏是拗袂折壓袂扁ê反骨佮硬氣

日時
來到內惟埤偏僻ê樹林內
你提彼枝強欲比身軀閣較粗重ê斧頭
公開向厚刺ê命運挑戰
幾工ê瘦疼規車ê血汗
運氣若好就有法度
糴半斗米換一尾鹹魚
有時陣手頭冗剩

閣會當加買兩本仔過期ê文學雜誌
暫時安搭長期枵飢ê腹肚佮心情

暝時
佇柴山山跤彼間六塊榻榻米闊
一冬八箍銀稅來
會漏風洩雨ê舊厝
你攑彼枝比手骨量倍細箍ê鉛筆
繼續佮烏暗ê政治對抗
你輕輕仔劃出ê筆尖比刀鋩加誠利
你慢慢仔寫落ê字句比銃子閣較緊
割開關禁思想ê鐵網
貫透封鎖言論ê銅牆
鑿破殖民政府彼粒吞食無數人民骨肉
肥軟金滑ê腹肚
噴出腐敗臭臊ê血膿

2. 葉陶ê跤

當初共彼條長閣臭ê縛跤布敨起來
擲落去旗後海裡ê時
你就決心

解開傳統父權變態社會ê束縛
放棄千金小姐富裕保守ê生活
此去所行ê是一條佮人無仝袂當翻頭ê路

用粗勇ê雙跤
行去山區行過草地行到海口
堅持停佇農民佮勞工大眾ê身軀邊
你是彼隻毋驚資本主義尖利爪牙
挺身展翼ê烏雞母
用堅定ê跤步
行上街頭行向法庭行入監獄
總是徛佇威權佮獨裁政權ê面頭前
你像一尾無停衝犯殖民政府羅網
壓霸狡怪ê鱸鰻婆

六百外字想欲追求和平ê宣言
你ê翁婿顛倒付出
12冬失去自由ê代價
彼條專門提來摧死人權ê刑法100條
佇你ê心肝內
就親像早前彼條漚臭ê縛跤布
是欲按怎綑縛會牢你固執ê跤步

彼个特別用來凌遲良心ê火燒島
佇你ê目瞤前
就敢若彼雙破爛ê弓仔鞋
哪有才調拗曲你倔強ê決心

你跤穿thah-bih頭戴葵笠手提ka-tsì
行透　每一條日曝ê大街雨淋ê小巷
行過　每一工無眠ê透早空腹ê暗頭
用一束花五角銀
飼養規口灶六个人

桃山水沖
送予瑞銘兄

毋想欲掩撐 bih-tshih 守踮恬靜 ê 水裡
證明本身何等 ê 清閒自在
嘛無愛佮人相爭占佇懸懸 ê 山頭
掠準家己佮爾仔高明厲害
明知紅塵齷齪江湖兇險
甘願墜落孤單跳入無伴
用喙共母語衝出一港久長 ê 源頭
伸手為台文挖開一條深闊 ê 水流

冷風拆裂 ê 身軀
山壁割破 ê 心情
空喙其實一直攏無復原痛疼講來根本無算啥物
予激動 ê 心跳趕緊平靜
予絞滾 ê 血氣即時坐清
頭前面猶有真長 ê 坎坷誠遠 ê 起落佮濟濟 ê 無奈

無論石頭按怎強硬　四界阻擋

到最後猶是愛徙位讓開一條出路
恬恬看你經過
毋管樹木偌爾固執　全面攔截
終其尾全款愛閃身退佇兩爿岸邊
規排送你行遠

無定著沿路
糞埽偷偷仔膏纏垃圾暗中埋伏
利用機會
聯手共你撓臭抹烏
有可能不時
風雨會輪流威脅恐嚇
用盡辦法
公開逼你放手翻頭

過程就算定定會碰壁倒退
跤步無小可ê躊躇一時仔停睏
前途雖然常在咧轉彎踅角
方向無任何ê歪斜一點仔改變
生死自然就交予大海去收留埋葬
成敗才留予日頭隨在伊考驗審判

我知影你並無離開
佮原本相仝留咧我ê心肝底
佇每一本台語運動ê冊頁
我攏有看著你熟似ê身影
倔強又閣親切
佇幾仔擺更深夜靜ê夢裡
我總是聽著你樂暢ê笑聲
堅定又閣溫柔

我相信你會倒轉來
像早前彼款行佇我ê面頭前
用你堅定ê聲嗽
繼續喊喝
叫精神彼粒仝款予瞞騙附身陷眠ê人心
用你溫柔ê笑容
閣再沖水
洗清氣這个猶原是驚惶遮崁黯淡ê世間

第 5 輯

西岸跤跡

彰化 ──────── 雲林 ──────── 嘉義

彰化
田尾花園

假使

一蕊花就是一个天堂

面頭前這片美色無邊芳味無盡

闊莽莽ê大海

欲按怎撐渡過去

抑是著愛

趕緊停步才會靠岸看破回頭才有出口

假使

四季已經是注定ê輪迴

一生不過是短暫ê開落

哪有需要計較

啥物色彩啥物時陣啥物所在

這世人現此時就踮遮

活做一欉自在ê樹生出幾枝平凡ê草

八卦山大佛

既然
一粒砂就有可能是一个世界
一个世界嘛有可能是一粒砂
按呢跤底這片土地
是偌爾仔無限曠闊ê天地
何必堅持
守佇遐爾懸ê山頭
塑作遐爾大ê金身

既然
春夏秋冬
佇你ê目睭內底
分袂出有任何ê差別
生老病死
對你ê面容頂頭
看袂出有特別ê意義
敢有必要

祈求啥物ê願望
期待啥款ê奇蹟

六輕工業區
(雲林)

就算強欲走投無路矣
雙跤猶是有法度佇島嶼ê邊墘
行出另外一條出口
就算散赤ê土地
種袂出榮華富貴ê希望
雙手照常欲向大海討掠
會當生存落去ê權利

若是
袂堪著誘拐欺騙
無法度堅持守牢是佮非ê彼條界線
清采就用靈魂佮魔鬼
交換一時ê滿足短暫ê利益
時到就算
包銀ê四跤嘛行袂離開這塊沉淪ê地
鞏金ê雙翼嘛飛袂出去這片烏暗ê天

北港朝天宮

一千外冬久長ê時間
對早前中國ê宋朝
到這時台灣ê民國
起起落落ê政權
懸懸低低ê地位
不時咧改朝換代
無常ê是短暫ê榮華富貴
多變ê是空虛ê權勢名利
毋捌改變ê是自頭到尾
慈眉善目ê面容
未曾替換ê是自古到今
救苦救難ê心腸

三千幾里遙遠ê路途
對對面福建ê眉州
到這位雲林ê北港
來來去去ê船隻

出出入入ê人影
一路予風吹雨淋
吹老當初少年ê身軀
淋白彼時烏金ê頭毛
吹袂斷ê是每一个善男
手裡拜ê虔誠
淋袂化ê是所有ê信女
跤頭跪ê堅心

虎尾糖廠

當初時
阿媽佮阿公
佇彼个散赤ê年代
坎坷ê土地
用俉粗俗ê青春
苦澀ê血汗
做伙熬出來ê
繁華佮甘甜
早就佇時間ê日曝裡退色
已經予歲月ê風吹kah走味

今仔日
你佮我
行過去鬧熱ê少年
斡入來恬靜ê中年
用咱數念ê雙手回歸ê跤跡
倒轉來斟酌走揣

有ê可能失落佇舊厝內底
旋kah攏是粗藤
有ê應該掩崁佇大樹下跤
發kah全是幼穎
久年無看永遠袂變ê
心情佮往事

嘉義
達娜伊情歌

往事
是一幅早前ê古地圖
失落佇複雜錯亂現實ê裂縫
雖然有一絲仔缺角
猶原不時佇阮心肝頭出入來回
行過遙遠坎坷ê寂寞
引㤞阮閣揣著
永遠咧等我
早日倒轉去
彼條故鄉ê小路

思念
是一張久年ê舊相片
掩崁佇五花十色繁華ê背後
就算有淡薄仔退色
猶原常在佇阮眠夢中探頭現身
全款真心深情來相見

引㤅阮閣看著
一直咧想我
趕緊倒轉去
彼个初戀ê當年

回憶
是一塊過時ê老曲盤
隱藏佇吵鬧虛假激情ê心底
準講有小可仔pit-sûn
猶原定定佇阮腦海內輪迴轉踅
安慰冷清心悶ê孤單
引㤅阮閣聽著
無停咧問我
當時倒轉去
彼群細漢ê同伴

中央圓環噴水池

當初時我嘛是
千千萬萬內底其中
一粒ê紅血球
單純又閣堅定

無仝款ê生相
咱攏是仝款ê血型
無仝款ê名姓
咱攏有仝款ê色彩
自頭尾對跤手
流過一條一條ê微血管
流入一段一段ê主動脈
流向城市中央
彼个心肝窟仔
路途有時會彎曲起落
跤步毋捌有小可ê停留
方向一直無任何ê改變

共一个一个分散冷淡ê體溫
做伙交流
燃滾成做千萬度燒燙ê熱情
將一陣一陣細聲低調ê心跳
同齊喊喝
爆發出千萬分貝激動ê懸音

數百冬來累積落來吞忍ê苦悶委屈ê心情
佇這个重要ê時刻做一擺敨放
予長期受著壓迫將近斷氣ê靈魂
會當閣再清醒　自由翻身
久年來予人綑縛強欲麻痺ê神經
慢慢恢復感覺　自在伸勻

每一擺跳動
攏聽會著新ê希望
每一遍喘氣
攏噴出激動ê目屎

嘉義公園石龜碑

一丈懸五呎闊
花崗石斟酌打造ê紀念碑
千萬里遠一路威風過來
自頭到尾全款彼樣立場強硬面腔冷酷ê姿勢
用伊殖民帝國強大壓霸ê身軀
踏佇這塊
本底是平埔族諸羅社世代生淡ê土地
此去
袂當閣再自由自在拍獵討掠無憂無愁唱歌跳舞
規年透冬ê操勞
飼袂飽貪官污吏柝飢ê腹肚
單純土直ê個性
無法度理解外人複雜奸巧ê心肝

數百字幾十逝
滿漢語清楚雕刻ê平亂文
兩百外冬ê日子恬靜過去

猶原字字遐爾顯目句句予人心疼
分明是專制皇朝尖利ê刀槍
刺入ê空喙滴落ê血跡
明知刑罰嚴重有去無回
照常三冬一反五年一亂
準講用雞卵磕石頭
早慢也會拍破個銅牆ê江山搖動個鐵壁ê天下
就算攑竹篙鬥菜刀
嘛欲予伊紫禁城內金鑾殿頂ê愛新覺羅袂食袂睏

無論徛偌懸踏偌硬毋管寫偌濟刻偌深
終其尾仔猶是袂堪得
炎日無停風雨輪流造反
佇時間ê面頭前
崩裂散落

是講
這隻無辜ê替身
猶原戀戀揹著彼个
虛構出來沉種ê神話
毋知啥物時陣才會曉
脫身

第 **6** 輯

島外記憶

金門 ──── 馬祖 ──── 澎湖 ──── 綠島 ──── 蘭嶼

(金門) 酒廠

啉一喙高梁
入喉ê刺麻
親像銃子射過胸坎
戰火
對我ê面頂
慢慢仔燒起

啉一杯高梁
強烈ê酒精
是兇猛ê敵軍
快速侵占每一條血管
我ê心
擂起陣陣ê戰鼓

啉一罐高梁
茫茫ê感覺
袂輸佇海湧裡沉浮

我是思鄉眩船ê戰士
萬一醉倒
請君莫笑

太武山公墓

講好
三年後就會倒轉來
到今
三十冬過去猶等無人影
金門到台灣
哪會遐爾遠
在生ê時　阿公不時按呢問
過身進前　阿媽一直踅踅唸

砲火已經暫時歇睏矣
你猶原是堅守陣營
毋甘願撤退ê機銃手
戰友早就光榮回鄉矣
你仝款是盡忠職務
無法度退伍ê上等兵

踏佇當初時你一路行過來ê跤跡

煞揣無仝款ê心情
我來看你
早前毋捌見過面ê咱
今暗夢裡
敢會當　相認

毋忘在莒石碑

原本
只是一粒
平凡ê大石頭
藏身佇這位偏僻ê小島
有時共野花調情雜草求愛
有時佮飛鳥談天走獸說地
日子何等ê逍遙自在

自從
予人刻上幾个血紅ê刺字
煞變做神聖ê印記
背負偉大ê使命
逐工
遠遠觀看變色ê土地淪陷ê江山
深深見證反共ê誓言光復ê決心
此去
花草毋敢閣再糾纏

鳥獸自動斷絕往來

是講
一寡「盡忠報國」ê將軍
早就無閒佇兩岸咧奔波走傱
濟濟「反共復國」ê老兵
嘛慢慢仔退守入去歷史孤單ê陣線
啥物時陣
你才會當
收跤洗手退隱山林

馬山觀測所

運兵船暝日無停
載來一梯一梯憂頭結面ê充員兵
粗勇ê碉堡
親像一頂巨型ê鋼盔
不時安搭驚惶ê心情
尖利ê召鏡
擎金高度警戒ê目睭
暝日監視敵營ê動靜

遊覽車
帶來一團一團歡頭喜面ê觀光客
祕密ê軍事要地
成做一跡
鬧熱ê旅遊景點
流行ê手機
充滿好玄ê眼神
四界偷看對方ê祕密

瓊林坑道

早前
佇彼段戰亂ê日子
咱嘛佮鼠輩全款
佇警報ê跤步聲裡
驚惶　走閃
佇砲火ê追捕之下
韌命　生湠
四界提防
地雷佈下ê陷阱
不時小心
水鬼暗中ê爪牙

佇深深ê地下
鑽開一條閣一條ê活路
耐心等待
風颱大雨過後ê平靜
並且

等人無注意ê時
翻頭偷咬個一喙

原來
戰爭根本無法度消滅人類
干焦人類才會當消滅戰爭

風獅爺

戰爭
佇數百冬前
早就已經開始矣

彼个兇猛冷酷ê東北季風
確實有影是恐怖難纏ê強敵
就算百獸之王
你ê吼聲　敢有伊ê響亮
你ê氣力　敢有伊ê龐大
你ê動作　敢有伊ê快速
你ê爪牙　敢有伊ê尖利

當你ê身軀　一日一日消瘦
當你ê面容　一日一日變形
當你ê目睭　一日一日茫霧
當你ê年歲　一日一日老去
你猶原毋願認輸

堅持當初ê心願
永遠欲守護這塊土地

戰爭
佇數百年後
猶會繼續紲落去

碉堡

當其他ê人
攏袂堪著流言陣陣
惡意ê中傷
四界走閃ê時
為著欲守護內心ê希望
你堅持毋肯退讓
挺身徛出來
恬恬忍受瞑日無情ê攻擊佮傷害

等風聲過後人群轉來
紛紛討論當時ê是非
品捧家己ê勇氣
你猶是無講半句話
孤單退隱
予雜草野花慢慢共你療傷止疼

地雷

用報復 ê 雙手
種落一粒一粒仇恨 ê 種子
塗砂 ê 柔軟
無法度予伊 ê 感情釘根
海水 ê 熱情
引袂起伊 ê 愛意芛穎
佇強硬冰冷 ê 外表內面
藏著一粒敏感
危險 ê 心

忍耐　等待
等待橫行 ê 跤步
踏到頭殼頂
累積久年 ê 怒火
將會全面爆發

到時陣

生佮死
同齊佇短暫ê一瞬目
完成交接

菜刀

何必一直提起
人ê身世佮過去
彼不過是一段難堪又閣無奈ê往事
染血ê身軀
早就深埋佇時間ê塗底
無需要共伊對記憶ê棺材內叫精神
若是欲予伊一个重新做人ê機會
嘛應該是化身
成做保庇贖罪ê十字架

雖然想欲隱姓埋名
終其尾仝款逃袂過
天生注定ê命運
當眾人
烏白傷害無辜ê性命
你選擇保持無欲出聲
掠準按呢

就會當脫離是非全身而退
貪婪ê心
哪有遐爾簡單就放手
只要猶有利用ê價值
看你走外遠覕外久
照常共你拖出來
公開示眾開價喝賣

就算已經改頭換面
永遠猶是別人
刣割ê工具

軌條砦

無任何選擇ê機會佮懷疑ê藉口
這是你天生ê任務
用鐵拍ê身軀佮決心
守護海岸線ê上頭前
逐工接受
冷風佮大湧輪流ê閱兵
月娘佮日頭早暗ê點名
堅定ê雙跤騰騰
踏佇家己ê陣地
尖利ê目光冷冷
刺向敵營ê所在

當等雙方
恩怨已經佇歌聲裡和解
是非早就佇酒杯底醉死
恁ê存在不過是
一个一个生銹ê
諷刺

(馬祖) 老酒

品名：馬祖陳年老酒

年代：數百冬甚至上千年ê歷史

貯量：29.62平方公里ê土地貯滿13,000外个人口

厚度：60%強烈ê固執混合30%溫柔ê堅持猶有10%
　　　淡薄仔ê浪漫

成分：一半心酸艱苦鹹澀甘甜
　　　一半炎日飛砂強風冷雨

製造方式：採用在地天然材料提煉
　　　　　遵照祖傳純正祕方調配
　　　　　拒絕添加其他人為ê芳味
　　　　　反對透濫任何加工ê色素
　　　　　干焦用一款單純ê心情結合平凡ê想法
　　　　　發酵過濾熬激
　　　　　會堪得時間長期ê考驗

啉酒時機：一年四季無分早暗暝日攏適合

尤其是寒天尾仔抑是熱人時陣
特別會當體驗彼款東北季風刀割ê刺疼
猶有透中白晝親像火燃ê燒燙
單獨一人抑是朋友做伴攏會使
上好是點一盤日光配酒
抑是切幾片月色做小菜
更加有異鄉ê情調佮特殊ê氣氛
建議分做三到五喙勻勻仔tām-sám
才有法度感受苦裡帶甘ê喉韻佮先薄後厚ê睏尾
最後大杯一喙落腹乾予焦
享受冷淡世間佮熱情性命短暫ê相會交流

保存期限：儘量避免受著流行文化過度ê日曝
　　　　　同時小心防止現代文明淫氣ê侵害
　　　　　特別愛注意任何權勢利益
　　　　　無知ê污染佮惡意ê破壞
　　　　　佇自然簡單ê環境之下
　　　　　會當永遠保存攏袂變質

注意事項：酒後毋通著急駛車嘛毋免趕緊去睏
　　　　　揣一个清幽恬靜無人攪吵ê所在
　　　　　予喘氣焦海風鬥陣絞滾

予心跳佮船火同齊閃爍
予血流綴水湧做伙起落
予滿腹ê激情沓沓仔退去全身ê衝動慢慢仔平靜
消化吸收收藏
成做性命ê一个部份
引恁你後擺回想轉來時陣彼條記憶ê通路
若是真正傷過頭激動予你無法度閣再忍受
按呢就無需要賭強
規氣爽爽快快共伊攏總吐予出來
吐做一首
略仔帶有滄桑氣小可含著臭酸味ê
詩

澎湖
隨香記

1. 起駕

儀仗就位　鼓吹起奏
哨角號響　涼傘啟動
恭請
先鋒令旗　尚方寶劍　帥印　玉旨　王令安座
恭請
山虎將軍　護駕中軍　出巡主帥上轎
敲鐘擂鼓　放炮奏樂
風來助威　雨來送駕

橫行霸道ê水路
恬靜毋敢出聲
兇惡陰險ê瘟疫
逃避看無影跡
漂流不定ê怨靈沉埋久年ê冤魂
做恁一路綴來

安心跟隨王駕ê背後
來去上岸重生

2.香客佮陣頭

86冬後ê今仔日
一百外个陣頭佮宮廟
三千外名香客佮信徒
閣一擺踏上祖先行過ê跤跡
閣一擺來到當年出巡ê島嶼

準講彼時
年幼ê已經老去
年老ê嘛已經死去
眾人ê面容攏已經改變
無變ê是
每一粒虔誠ê信心
每一陣響亮ê炮聲
每一葩燒燙ê香火

就算這陣
小巷沓沓仔開做大路

舊厝慢慢仔翻成新樓
傳說裡ê景物愈來愈無全
仝款ê是
每一伐堅定ê跤步
每一个親切ê笑容
每一喙甘甜ê奉茶

3. 虔誠ê天人菊

沿路ê天人菊
嘛加入出巡ê隊伍

一蕊一蕊炸出美麗顯目ê炮火
一冬一冬延續百年無斷ê香煙
一排一排跪拜成做堅心認真ê善男信女
毋管寒天
冷酷ê東北風
妖魔全款ê恐嚇
毋管熱人
赤焱ê大日頭
煉獄一般ê酷刑
攏無法度動搖伊ê堅持佮信念

柔軟又閣倔強ê身影
逐冬準時開放ê笑容
是澎湖島裡
代代相傳
上蓋虔誠ê信徒

4.失眠ê澎湖灣

今暗曠闊ê天頂
毋是星光佮月娘獨占ê舞台
煙火是上迷人ê明星
平時冷清ê廟埕
也毋是暮鼓佮晨鐘輪流演出ê場所
炮聲才是唯一ê主角

帥　仕　相　俥　傌　炮
相爭對老阿公ê棋盤裡跳出來
車鼓隊　宋江陣　十二婆姐　老公揹老婆
做伙唯老阿媽ê戲棚頂行落來
認袂出你是我是你
分袂清啥是真是假

風俗湧一時袂記得
逐工暝日無停咧冤家
魚佮船暫且嘛放下
長久以來難解ê恩怨
同齊攑頭伸耳觀看靜聽

所有ê神明佮信眾
攏歡喜kah
喙笑目笑規暝無眠

5. 回駕

將闔家平安留予
每一个庄頭
將風調雨順留予
所有ê島嶼
將祖先ê心願
點做一枝一枝清香
灼佇一間一間宮廟

用曝烏ê身軀

共日頭 ê 熱情記起來
用瘦疼 ê 雙跤
共街路 ê 心事寫落來
用四暝五日 ê 時間
共澎湖島上溫暖 ê 人情佮故事
帶轉來南鯤鯓
年老 ê 時
講予阮 ê 囝囝孫孫
收聽

(綠島)
綠色ê心

是憂愁ê母親
久年以前流落ê一滴目屎
大海拍袂冷ê燒燙
共規个太平洋激起
滿腹ê絞滾
到今猶袂當平靜

是多難ê島嶼
無暝無日數念ê一个身影
風湧沖袂散ê堅定
予時間勻勻仔雕刻
化做一塊溫柔美麗
綠色ê心

朝日溫泉

就算用銅牆佮鐵壁
將阮封鎖
關禁佇深深ê地牢內底
發動規个大海ê兵力全面壓制
派出無數風湧ê細作全面監視
仝款無欲放棄任何ê希望

突破層層烏暗ê包圍
衝出一條光明ê活路
朝向日頭ê方向
大力吐出心內彼港長年委屈
絞滾燒燙ê
熱情
佮
堅定溫柔ê
清流

(蘭嶼)
人之島

毋是蘭嶼嘛毋是紅頭嶼
伊ê地名號做ponso no Tao
意思是人ê島嶼
毋是生番嘛毋是雅美族
個ê族名叫做Tao
也就是人ê意思

無愛號做佮恁仝款ê陳英雄
嘛無欲叫做啥物林美麗
Syaman是老爸ê意思 Sinan是老母ê稱呼
所以Si Rapongan若是大漢後生ê名
伊ê老爸佮伊ê老母就愛號做
Syaman Rapongan佮Sinan Rapongan
你嘛會當共翻做夏曼藍波安佮希南藍波安無要緊
就是Rapongan ê老爸佮老母ê意思

Si

你欲共寫做施？詩？屍？攏隨在你
是講
彼毋是佪ê姓
嘛毋是啥物漢字ê名稱抑是古老ê本字
無需要專工去稽考堅持咧爭論
伊不過就是一个單純ê口音爾

飛鳥季

每一冬
東北季風小可歇喘ê時陣
也就是族人開始無閒ê季節

查探水流ê跤步
觀察風吹ê方向
綴個飛起飛落鑽來鑽去ê影跡
一路跟蹤
四界追趕

予伊船隻搖搖幌幌ê身軀
佇這片深閬曠闊ê大海
引𤆬咱一步一步繼續向前走揣
彼段自古以來
祖先流傳落來
暗藏佇血脈內底ê故事

獨木船

就親像這个獨立ê島嶼
天生ê美麗
無需要任何外來
現代ê文明來妝婙
獨木ê船隻
嘛毋免其他奇巧
先進ê工具來纏鬥

單靠祖先
代代流傳落來ê
智慧佮經驗
猶有兩肢粗勇ê手
一粒堅定ê心
就會當佇起落無常ê大海
掠牢家己ê性命
行出人生ê方向

附錄｜得獎紀錄

作品	得獎紀錄
〈食夢 ê 獸－讀葉石濤作品集〉	2017 打狗鳳邑文學獎 台語新詩組優選獎
〈台灣合奏　島國交響：聽蕭泰然演奏曲〉	2016 打狗鳳邑文學獎 台語新詩組首獎
〈大天后宮身世〉	2020 第 10 屆台南文學獎 台語現代詩優等
〈2015.0519 城市暴動記事〉	2015 第 5 屆台南文學獎 台語現代詩首獎
〈曾文溪跤跡〉	97 年教育部母語文學獎 台語詩教師組第二名
〈曹公圳記事〉	2019 打狗鳳邑文學獎 台語新詩組首獎
〈衛武營手記〉 （原名〈衛武營記事〉）	2018 打狗鳳邑文學獎 台語新詩組評審獎
〈濛霧・大霸尖〉	2012 打狗鳳邑文學獎 台語新詩組評審獎
〈讀山：跐玉山記〉 （原名〈讀山〉）	2008 A-khioh 賞 Lā-pue 二賞

〈東海花園寫真〉 （原名〈打狗寫真〉）	2015 打狗鳳邑文學獎 台語新詩組首獎
〈桃山水沖：送予瑞銘兄〉 （原名〈猶原咧笑〉）	2019 第 9 屆台南文學獎 台語現代詩優等
〈酒廠〉、〈太武山公墓〉、〈毋忘在莒石碑〉、〈馬山觀測所〉、〈瓊林坑道〉、〈風獅爺〉 （原名〈金門手記〉）	95 年度教育部文藝創作獎 教師組新詩優勝

```
國家圖書館出版品預行編目 (CIP) 資料

相思島嶼 / 陳正雄著 . -- 初版 . -- 臺北市：前
衛出版社, 2024.09
224 面 ; 15×21 公分
ISBN 978-626-7463-43-7（平裝）

863.51                                    113010723
```

相思島嶼 Siunn-si tó-sū

作　　者	陳正雄
責任編輯	鄭清鴻
封面設計	張　巖
美術編輯	李偉涵

出 版 者　前衛出版社
　　　　　地址：104056 台北市中山區農安街 153 號 4 樓之 3
　　　　　電話：02-25865708 ｜ 傳真：02-25863758
　　　　　郵撥帳號：05625551
　　　　　購書‧業務信箱：a4791@ms15.hinet.net
　　　　　投稿‧代理信箱：avanguardbook@gmail.com
　　　　　官方網站：http://www.avanguard.com.tw
出版總監　林文欽
法律顧問　陽光百合律師事務所
總 經 銷　紅螞蟻圖書有限公司
　　　　　地址：114066 台北市內湖區舊宗路二段 121 巷 19 號
　　　　　電話：02-27953656 ｜ 傳真：02-27954100

出版補助　國藝會 NCAF

出版日期　2024 年 9 月初版一刷
定　　價　新台幣 320 元
Ｉ Ｓ Ｂ Ｎ　978-626-7463-43-7（平裝）
Ｅ-ＩＳＢＮ　978-626-7463-41-3（PDF）
　　　　　978-626-7463-42-0（EPUB）

©Avanguard Publishing House 2024　Printed in Taiwan

＊請上「前衛出版社」臉書專頁按讚，追蹤 IG，獲得更多書籍、活動資訊
https://www.facebook.com/AVANGUARDTaiwan